花山鸿儒文库 第一辑·小说卷

赵剑云 著

浮生如寄

花山文艺出版社

河北·石家庄

图书在版编目（CIP）数据

浮生如寄 / 赵剑云著. -- 石家庄：花山文艺出版社，2020.6
ISBN 978-7-5511-1590-2

Ⅰ.①浮… Ⅱ.①赵… Ⅲ.①中篇小说－小说集－中国－当代②短篇小说－小说集－中国－当代 Ⅳ.①I247.7

中国版本图书馆CIP数据核字(2020)第008612号

书　　名：	浮生如寄
	FUSHENG RUJI
著　　者：	赵剑云
责任编辑：	梁东方
责任校对：	贺　进
美术编辑：	胡彤亮
封面设计：	琥珀视觉
出版发行：	花山文艺出版社（邮政编码：050061）
	（河北省石家庄市友谊北大街330号）
销售热线：	0311-88643221/29/31/32/26
传　　真：	0311-88643225
印　　刷：	三河市华东印刷有限公司
经　　销：	新华书店
开　　本：	650×940　1/16
印　　张：	14.5
字　　数：	250千字
版　　次：	2020年6月第1版
	2020年6月第1次印刷
书　　号：	ISBN 978-7-5511-1590-2
定　　价：	48.00元

（版权所有　翻印必究·印装有误　负责调换）

目录

浮生如寄——1

青　黛——52

雨天戴墨镜的女人——72

晚来天欲雪——92

如果你不曾存在——111

你有时间吗——150

花都开好了——170

海棠花影——188

浮生如寄

1

秦嘉卉打开便利店门的时候,不早不晚,刚刚 7 点。周围的店铺一般 8 点以后才开,她每天起得早。开门早,挣钱早。勤快一点是没错的。生意要兴旺,得老老实实地守着。

便利店门面很小,只有 20 平方米,位置也不算好。就一点好,朝南,有阳光。门前的人行道上有健身器材,右手是麻辣烫店,左手是个药店。人气倒是挺旺的。住在这一片的大人孩子都爱来店里买东西。孩子们愿意来,还因为她店里养着一只两个月大的猫。她经常把猫拴在门口,小猫在门口跑来跑去,时而眯着眼睛晒晒太阳,真是奇怪,大家都喜欢这只猫。猫自然成了秦嘉卉的招财猫。春节期间店里光卖礼盒就把一年的房租挣回来了。

秦嘉卉打开音乐，泡了一杯红茶，给店门口刚刚发芽的蔷薇浇了点水。

她统计了一下需要补的货，每天的工作都一样。便利店卖的主要是生活用品、零食、关东煮、水，这些销量一直很好。开了8年，她的生活就是看店、上货、吃饭、睡觉，生活如同钟摆般规律。一年到头，秦嘉卉休息的日子是固定的几天，去给父亲扫墓的日子、大年三十，去看中医的日子。

几场浩浩荡荡的沙尘暴刮过后，兰州的春天才算来了。清晨，微风轻拂垂柳柔细的枝条，像妙龄少女在梳理流泻的发丝。花园里有含苞待放的玉兰，草丛中有星星点点的蒲公英，路边柳树上的两只喜鹊在谈情说爱，健身器材边聚了好多人，大家说说笑笑，一天不知不觉就过去了。

可昕的电话来了。

可昕说："中午，我来找你，给你带午饭，我们一起吃。你得开导我，不然我快活不下去了。"

秦嘉卉笑着说："还是要活下去，你不是有我吗？"

她和可昕认识22年了，从小学开始一直同班，经常一起做作业、一起吃零食、一起回家，走在路上也要手拉着手。偶尔可昕会到秦嘉卉的家里留宿。可昕的妈妈也认识秦嘉卉的妈妈，但关系不像两个孩子。

秦嘉卉出事后，除了父母，可昕是最伤心的。如今，可昕在一家事业单位上班，工作悠闲，因最近有烦心事儿，几乎天天打电话给秦嘉卉，有时候一天打好几个。

秦嘉卉接完电话，有人推门进来，她打开收银机。客人选了中老年核桃粉，还想买牛奶，不知道选什么好，秦嘉卉经常被问到这样的问题。她总会说："各有各的好，都是大企业，是放心奶。"

秦嘉卉说放心的时候，十分心虚。苏丹红、吊白块、三聚氰胺、毒蘑菇、地沟油……谁敢说自己一点没吃过？现在买什么都觉得提心吊胆。秦嘉卉从来不进小供货商的东西，她不信任他们。她的两个店里有专门的绿色食品的货架。货架上有绿色标识的牛初乳，放心大米，各种粗粮，豆浆粉，还有纯粮酿造的白酒，专柜贴着一个标签，"有了健康的身体才能拥有一切"。绿色食品销量一直不错。生活好了，大家都更注重健康。

客人买了特仑苏，刚出去，又推门进来一个男人，秦嘉卉认识这个人，他是芒果的爸爸。秦嘉卉和他不熟悉，却和他的女儿芒果很熟悉。芒果刚满4岁，几乎每天都来找秦嘉卉玩儿，她眼睛亮晶晶的，每次来，都挤到秦嘉卉身边缠着她讲故事。小孩子有一种特异功能，凭感觉就能分辨谁对她好，谁是好人。

看样子芒果爸爸一夜没睡。他穿着白衬衫、牛仔裤、一双深蓝色运动鞋，加上微笑的单眼皮，是偶像剧里男主的样子，根本不像是结了婚的人。秦嘉卉不知道他叫什么名字，只听说离婚了。秦嘉卉从没见过芒果妈妈，听母亲说，那个女人跟着她的老板去了澳大利亚。在一个楼梯里，他和她常常打照面，却从来没有说过话。倒是母亲每次见了芒果都要抱一抱。最近芒果的奶奶中风住院了，芒果爷爷天天跑医院，母亲还去医院看过一次，回来直摇头，说人老了最怕中风。芒果是她爷爷、奶奶带大的。芒果的爷爷、奶奶都不喜欢讲话，却极和善，偶尔还会送些吃的给秦嘉卉母女，端午节送粽子，三伏天送绿豆粥，偶尔还送老家带来的小黄米，弄得秦嘉卉过意不去。

有一次芒果的衣服掉到了一楼秦嘉卉家的护栏上，芒果爸爸匆匆跑下来拿，恰好秦嘉卉刚洗完头发，坐在阳台上边晒太阳边看书。他看了一眼秦嘉卉，脸一下子红了。

"给孩子吃方便面不好！"结账的时候，秦嘉卉脱口而出。

芒果的爸爸拿了三包方便面，又拿了火腿肠和鸡蛋。他抬起头，看了一眼秦嘉卉，一下子没回过神，笑了一下，略微羞涩地说："这是我吃的，芒果早餐吃面包，我昨晚一夜没睡，赶个活儿，客户催着要，吃碗面就睡觉去了。"

"芒果去幼儿园了吗？"

"刚送去，我才来买吃的。"

秦嘉卉立刻感到自己多此一举了。幸亏店里来了买盐的阿姨，才算把她从尴尬中解脱出来。

芒果爸爸付了钱，抓了零钱匆匆走了。

母亲提着早餐来了。早餐很简单，一个煮鸡蛋、一碗粥、一碟泡菜。

秦嘉卉想让母亲中午看一会儿店，她打算去超市买点东西，顺便给她和母亲各买件裙子，买几件内衣裤，兰州的春天很短暂，一眨眼就到夏天了。

收音机里传来王菲的歌，秦嘉卉跟着哼唱："你渴望，我期待，美好灿烂的未来，不完美，也要精彩。"她的声音继承了母亲，清澈婉转。上学的时候，同学们都说，她不学音乐可惜嗓子了。

母亲把货架上上下下都擦干净了，说："今天我要和你小姨去趟市里。你一个表姨的女儿结婚。"

秦嘉卉点点头，心想只能改天去超市了："那你们好好玩，红包包好了吗？"

母亲说:"包好了,三百块。"

秦嘉卉觉得母亲去散散心也好。

"那你中午吃个牛肉面,我晚上就回来了。"母亲说。

"放心吧,不会饿着的。"秦嘉卉说。

秦嘉卉生病的头几年,家里的亲戚除了小姨忙前忙后,其他的都退避三舍,生怕她们借钱。这几年,亲戚们的红白喜事全都请她们。母亲说过去亲戚们看不起我们,现在日子好了,也对我们好了。

秦嘉卉说:"那是因为钱好,看我们家挣钱了。"

秦嘉卉的哥哥在上海一家外企做经理,也是亲戚里干得最好的。

母亲提着碗筷回家收拾去了。

秦嘉卉站起来,把拐杖放在一边,这个拐是她春节的时候从淘宝上新买的。拐杖很轻,能防滑,长度自由调节,夜里有LED灯光,方便实用,还有报警器,这个拐是她左腿的重要支撑。自从能拄着拐站起来走路,她感觉世界都美好了。

18岁那年春天,成绩优异的秦嘉卉梦想着考入人民大学新闻系。一天下午放学回家,她被一辆疾驰而过的大货车撞飞。车祸造成脊椎栓裂,又引发骨髓炎、血液病、皮肤病等一系列并发症,先后进行多次手术,最终一条腿瘫痪。司机肇事逃逸,后来被公安部门抓获,但那个司机一穷二白,根本无力负担医疗费用。

车祸后,不要醒来该多好!秦嘉卉有几年一直抱怨老天爷给她留了一条命。

她生活不能自理,躺在床上。父母为了给她看病,卖掉了市区的大房子,用房款的一半在小姨住的小区买了个小户型,其余的钱都用来给她看病,供哥哥秦嘉浩上大学。祸不单行,那一年,父母同时下岗,每月只领200元的生活费。父母只能打零工维持生活。

不能参加高考,所有的亲朋好友都替她惋惜。她们搬了家,离开了熟悉的生活。她每天躺在床上,分不清白天黑夜,烦躁的时候,她会哭着说:"我怎么还不死啊?我把你们都拖累死了。"

有段时间,秦嘉卉几乎不说话,整天像幽灵一样,呆坐着静静地看窗外的风景,沉默得好像已经死去。很多次她想到割腕结束自己的生命,可她连下床拿刀的力气都没有。她只能躺在床上,听着广播,绝望又浑浑噩噩地活着,有时像在云雾中飘浮,有时像在荒漠里流浪。直到做完第二次手术,两条腿奇迹般的可以动了,秦嘉卉才看到了活下去的希望。

经过三年不懈的治疗,秦嘉卉能站起来了,她要学的第一件事就是走路,她拄着双拐,每天在院子里练习,摔过无数次跤,流过无数次血,她当时想绝不能再拖累父母,我要独立。后来,父亲又送她去康复医院,做了很多恢复性的训练,直到她能拄着一根拐杖走路。

那时她离开学校已经4年了,父亲曾劝她重新参加高考,秦嘉卉看了看父亲的一头白发,她打消了这个念头。上了大学又能怎么样,健康的大学生找工作都难,谁会用一个残疾人?再说上大学,又是一笔大开销,父母更加难以承受。秦嘉卉放弃了这个念头。如今她的右腿机能全部恢复,只是左腿还不能用力,需要拄着拐杖。

2

秦嘉卉生在兰州,长在兰州。兰州有山有水,黄河穿城而过,古往今来,在这条狭长的河谷里演绎了多少人情冷暖,湮没了多少悲欢离合,没人说得清。兰州地处交通要道,火车通过兰州,才能去更西更远的地方。从这里,有去广州打工的,有去新疆摘棉花的,有去西藏旅游的,有去北京读书的。兰州的南、北两山有树,都是几代人辛辛苦苦种的。黄土高原上,一棵树活下来是很难的。依山傍水,兰州的人生活得踏实热闹。一城的人喝黄河水,吃牛肉面。秦嘉卉也喜欢吃牛肉拉面,今天早上,她幸亏吃了一碗牛肉面,不然忙活了一上午,早就累趴下了。一上午,她都没顾上喝口水。

中午的时候,小燕来了,小燕是她另外一家店的店长。那个店不大,但地段好,已经开了三年,收益可观。小燕戴着白碎花口罩,她花粉过敏:"嘉卉姐,我想去看大夫,这几天我都快毁容了。"

说着她摘了口罩,的确很严重,一脸的红疹子。

"去吧,挂个专家号,看大夫怎么说。"

小燕转身想走,突然又回过头来,吞吞吐吐地说:"嘉卉姐,那个店能不能再雇个人,我们每人半天看店,这样也有点自己的时间。"

秦嘉卉看了一眼小燕,这丫头已经是大姑娘了,像她一样,一个人守一整天店是不可能了。

秦嘉卉笑笑:"你再坚持一下,我正在物色人。"

小燕说:"其实我有个表妹初中毕业后一直没什么事干,人老实内向,想找个工作。"秦嘉卉看了一眼小燕,她看不穿这个只有22岁的姑娘。

"你哪天带她来看看,如果合适你俩就每人半天。不过你的工资可能会受影响了。"

小燕的工资是底薪加绩效还有年终奖。

小燕说:"没事儿,我就是想要点自己的时间。"

中午,可昕来了。

"先吃饭吧，吃完说！"秦嘉卉说。她怕可昕一说事儿，就吃不下饭。

可昕去后面取碗筷，她提的牛肉土豆饭和茄子豆角饭，都是秦嘉卉喜欢吃的。她们会分享这两个菜。可昕熟悉她这里的一切，摆好碗筷，支起折叠桌椅，两个人坐在店外的蔷薇花下。

可昕说："怎么这么热？我还是把外套脱了。"

秦嘉卉说："你怎么穿这么多？"

"生完朵朵我一身的火气没了，现在特别怕冷。"

电话里还要死要活的，此刻蔷薇花下的她，大大的眼睛里充满了迷雾，俏皮可爱的瓜子脸带着憔悴的美。

秦嘉卉把饭菜一扫而光，她端着碗筷去后面的水池子洗，可昕摸了一把她的腰："你这曲线赶上明星了。"秦嘉卉说："没办法，是我爸遗传的，怎么吃都不胖。"

可昕眼泪汪汪地说："那个王八蛋说要和我离婚。他说早就不爱我了。这么多年是因为女儿才和我凑合过，现在他说遇到真爱了，要为自己活！"

秦嘉卉给可昕倒了一杯红茶。

"不怕，那就离，你这么漂亮，喜欢你的帅哥排着队呢！"

"我和你都 30 岁了，哪有什么帅哥啊！"可昕叹着气。

"可不我们都 30 岁了。"秦嘉卉点着头。

30 岁的秦嘉卉比同龄的人要成熟许多，她经历了比死亡更可怕的事，18 岁那年，她命运的华彩乐章戛然终止，剩下的只是一个又一个的真实，一个又一个的无情，直到她经济好转，可以随意买一些东西的时候，才感觉活着并不可怕。

命运推着人走，容不得你有半点选择。

可昕和她老公王辉是大学同学。王辉相貌一般，他爸做建材生意。谈恋爱的时候，王辉经常开着家里的车，带可昕去看电影，参加朋友聚会。秦嘉卉当时劝她，富二代还是留点心吧！可昕哪里听得进去。可昕在大学里就和他偷食了禁果，这么私密的事儿，她第一时间告诉了秦嘉卉。工作后，可昕烫了头发，穿了职业装，每次来，都让秦嘉卉觉得她们已经在两个世界了。秦嘉卉觉得世界是分好多层的。有钱人在有钱人的世界，穷人在穷人的世界。有段时间，秦嘉卉故意躲着她。可昕却对她始终如一。

婚后可昕两口子磕磕绊绊，经常小打小闹，把离婚放在嘴边。女儿朵朵出生后，王辉开始不着家。可昕发现他和一个女同事关系暧昧，便提出离婚，搬到了娘家，王辉拿着刀威胁可昕说，如果她不回家，他就自杀。可昕觉得王辉还是爱她的，于是原谅了他。后来，王辉当了行长，收入和脾气剧增，找女人毫无顾忌。

王辉过去常和可昕来店里，那时候，他胖墩墩的，戴个眼镜，很斯文，待人很有礼貌，看起来值得托付终身，现在他更胖了，胖得五官都变形了，上次秦嘉卉去找可昕，王辉给她开的门，嘘寒问暖，秦嘉卉觉得他有些虚伪了，钱可以让一个男人欲望膨胀失去自我。秦嘉卉当时就想，可昕不服输的性子可能忍受不了他的虚伪。

王辉说财产一人一半，但孩子得归可昕。他说孩子不能离开妈妈。其实他是不想要朵朵，他想和狐狸精再生一个。"我说离婚可以，第一我也不要孩子，第二他净身出户。"可昕咬着牙说。

秦嘉卉说："我行动不便，不能帮你什么。不过，我觉得你先和他谈谈比较好，毕竟朵朵才3岁。"

说到朵朵，可昕眼圈红了。

秦嘉卉拍了拍她的后背，算是安慰她。

"你就当上辈子欠了王辉的,人家这辈子来报复你。"

"我就是咽不下这口气,我一定要让他净身出户。"

她们又聊了一个小时,都是可昕在说,她语气豪迈,好像已经得到了有利的证据,把王辉撕成了碎片。秦嘉卉看得出来,可昕现在很矛盾。可昕走后,秦嘉卉也变得有点无精打采,她想靠着躺椅打个盹。

3

5月底,便利店门口的蔷薇开了。一起风,花香飘溢,花瓣在风中飞舞。这花当初是姨夫送来的,他栽到了店外的空地上。

蔷薇花满墙满架。有时候乱蓬蓬的,毫无章法,秦嘉卉就拿剪刀修剪一下,把剪下的花送给顾客,或插一把到店里的花瓶里,鲜花会带给人好心情。

芒果哭着进来的时候,小燕带着她的表妹胖丫刚刚走。

胖丫初中毕业,胖乎乎的,眼睛笑起来眯成一条缝,一看就是个善良简单的女孩。她是小燕的表妹,两人好沟通,秦嘉卉当场答应让胖丫来。秦嘉卉和胖丫签了协议,也和小燕重新签了协议。她知道小燕偶尔会有一些隐瞒,但有些事大家心知肚明,不需要说破,不要做得太过分就好。秦嘉卉说,你们好好干,年底都有大红包。两个姑娘高高兴兴地走了。

芒果的身体充满无限活力,红扑扑的小脸蛋上,长着一双亮晶晶的眼睛,头发黑而柔软,扎着两个小辫子,她的小脸儿像个初绽的粉色花瓣。这么漂亮的孩子,提什么要求都是不能拒绝的。

芒果哭着说,爷爷不给她买小熊娃娃。

秦嘉卉不知道怎么安慰她。秦嘉卉站起来，看到马路对面的芒果爷爷冲她招了招手。秦嘉卉也挥了挥手，意思让他放心，她会看着孩子的。

芒果手里捏着一块钱。

秦嘉卉说："小芒果，你想吃什么自己拿吧，千万别哭了，不然小脸就不好看了。"

芒果点着头，眼泪止住了。

每天来买东西的孩子很多，但秦嘉卉真没有跟小孩打交道的经验。母亲说："你一个人太久了，说话硬邦邦的，表情也呆板。"秦嘉卉照照镜子，的确，她的目光是灰色的。

这两年，她突然开始喜欢孩子了。

有一次，小姨带着3岁的孙女瑶瑶来，瑶瑶一到店里就跑个不停，碰掉了很多货物。小姨呵斥了一下，没想到她居然"哇"的一声哭了。秦嘉卉一下子不知道该怎么办，拿了很多零食给她，瑶瑶还是哭。小姨也没办法，她说这孩子就胆小，脸皮薄。秦嘉卉说："小孩子都这样。"她的口气好像自己生过孩子似的。小姨笑眯眯地看了她一眼。秦嘉卉立刻感到了一种羞涩。

直到父亲生前的朋友张叔抱着他家的猫来，小家伙才不哭了。那个小猫是张叔家的大猫生的，因为毛色与体形都很好看，秦嘉卉要了一只。刚刚满月的小猫咪，眼睛里充满了需要呵护的温柔。瑶瑶看到呆萌的小猫咪，破涕为笑，蹲下来和小猫玩。

自从养了猫，秦嘉卉才知道了什么叫温柔。秦嘉卉给小猫取名眯眯。秦嘉卉常常拿一个毛线团逗它，它扑来又扑去，抱着毛线团打滚，没有顾客的时候她会看着眯眯一直笑，她从来没有这么笑过。

芒果拿了一包薯片，递来一块钱。她是个懂事的孩子。

秦嘉卉把钱收了。薯片如今涨价了，卖四块五了。算了，邻里邻居的，何必太计较。

芒果撕开薯片，没有去找小猫玩，笑嘻嘻地凑到秦嘉卉跟前。秦嘉卉正捧着《傲慢与偏见》，这本书她看了五六遍了，她上初中第一次看，就喜欢达西那样的，只是，现实中也许会有伊丽莎白，达西却罕见，伊丽莎白最后都变成了剩女。

"阿姨，你在看书吗？"

孩子毛茸茸的眼睛看过来，心立刻就被融化了。秦嘉卉伸手握住芒果的小手，她身上某种母性的柔情被激发了。

她合上书说："是啊！"

"那故事好看吗？"

"好看啊！"

"可以给我讲讲吗？我都好久没有听过故事了。爷爷要照顾奶奶，爸爸要挣钱养家，他们一天都很累很累，都不给我讲故事。"

秦嘉卉说："好，阿姨给你讲个故事。"

秦嘉卉给芒果讲了拇指姑娘的故事，又教她背了一首唐诗。芒果的爷爷进来看了一眼孙女，又去下棋了。

芒果肉乎乎的小手拽着秦嘉卉的衣服说："我最喜欢阿姨讲的故事了！"

芒果爷爷来接芒果的时候，秦嘉卉抱着芒果玩连连看。见孙女睡着了，他有点不好意思，说："耽误你时间了。"

秦嘉卉笑笑："没事儿，芒果正好给我做伴。"

"你也关门吧，时间不早了。"

秦嘉卉一看天阴沉沉的，像要下雨的样子，就说："行，那我们一起回。"

他们住一个楼上。

回到家，母亲正在看电视。

两居室的房子，没有客厅，只有一个饭厅。母亲喜欢整洁，家中的一切收拾得井井有条。桌椅纤尘不染、衣被整洁干净、沙发上的坐垫摆得整整齐齐，就连平时喝茶的茶杯，都被母亲用盐清洗得干干净净……

他们家以前住在广场附近。父亲是车间主任，厂里分了一套120平方米的房子。后来厂子倒闭了，秦嘉卉又生了病，哥哥要读大学，父亲就把大房子卖了，买了现在的两居室，这个小区位于黄河北，徐家山附近，地点偏僻，离黄河倒是近。房子唯一的好处是一楼朝南。原来的房子在5楼，看病的日子，父亲把她背上背下，每次都满头大汗。

现在的小区是老小区，不过很开阔，楼和楼之间都有小花园。小区外面的很多老房子全部都被开发了。小姨说，这么大的小区，拆迁是迟早的事儿。

母亲还在看电视，她说："你哥哥和丁丁刚刚打电话来了。"

哥哥秦嘉浩和侄子丁丁每周六晚打一次电话。

秦嘉浩命好，长相好，从小爱学习，大学考的复旦大学，毕业又保送读研，父母一直觉得他是家里的骄傲。嫂子生下侄儿丁丁后，母亲更是高兴得合不拢嘴。亲友一夸，母亲总是说，老大最有福。她每次一说这话，秦嘉卉就想接下一句，老二命苦，老二真命苦。还用说吗？她的命苦全天下人都知道。

母亲关了电视，秦嘉卉已经洗漱完了。母亲说："你哥说明年想换房子。"

秦嘉卉没吭声。

秦嘉浩大学毕业又读了研究生，父母咬着牙把存在银行的10万又拿了出来，供他上学。父亲说，当时不要存银行，直接买成房子，还能赶上房价上涨。他们什么也没赶上。父亲去世后，家里欠了3万多的债，都是借小姨的，小姨从来不催，可欠了钱怎么能不还？秦嘉卉和母亲花了两年时间才把钱还清。

秦嘉浩毕业工作了，又要结婚买房，她们又给他攒钱。秦嘉浩结婚的那年春节，秦嘉卉把三年开店挣的钱全部给了他，她的账上没有多余的一分钱。秦嘉浩在电话里还抱怨着，结婚了没钱去旅行，一肚子的不满，电话末了说了一句，听说现在兰州的房价涨了！

秦嘉卉一听心里咯噔一下。

母亲那段时间催促她赶快嫁人，说："我不能照顾你一辈子。你现在行动自如，我要以后去带孙子。这房子按理是你哥哥的。你生病花光了家里的钱，什么都没有给你哥哥。"

人落难的时候，谁会真心帮你？连母亲也会偶尔冲她发脾气。卧病在床的时候，有一次秦嘉卉吃不下东西，母亲当着她的面摔了碗。久病的人会让亲人也跟着崩溃绝望。

秦嘉卉知道，自己得为自己打算了。从那以后，她开始存钱，她打算开个分店，以后买个自己的房子。

秦嘉浩婚后一年，嫂子生了孩子。母亲去上海看孙子。母亲是带工资的保姆，秦嘉浩还满腹牢骚。他要买车，说上下班不方便。秦嘉卉咬咬牙把自己一年的收入8万块全部打了过去，她给秦嘉浩打了个电话："从此以后，我不再欠你什么，作为下岗工人的孩子，我觉得你应该知足感恩，以后我不会再给你钱了。"

秦嘉浩接受了那笔钱。那年春节她口袋里空空如也，只割了一斤肉包饺子。母亲打电话说："你爸要是知道你这么帮你哥，也会含笑九泉的。"

秦嘉卉心里忽然很轻松，她觉得自己终于不欠哥哥什么了。

丁丁3岁后，母亲灰溜溜地回来了，说再也不去上海了，那地方没有人情味。秦嘉浩两口子也不孝顺她。母亲边说边哭，见人就说。秦嘉卉不知道如何安慰她。手心手背都是肉，母亲从小就疼秦嘉浩，好吃的从来都是先喊他，即使他不在家，做了好吃的，也要给他留一份。小时候秦嘉卉经常抱不平。父亲去世后，母亲天天嘴里说的是，我上辈子欠了你什么？

父亲去世，她在医院哭晕了过去，后来很少哭。这世上从来不缺看笑话的人。她很少诉说自己的遭遇，有些喜欢打探隐私的中老年妇女，有时候会站在店里盯着她笑，希望她说点什么，她总是笑一下，接着忙自己的事。

母亲带丁丁累出了病，一回来就住院了。出了院，秦嘉卉告诉母亲，她这三年，开了一家分店，按揭买了一套小房子。她说现在这个房子以后留给秦嘉浩，她随时可以搬出去。

母亲知道她说的是气话。

母亲说："那个没良心的东西。他在外企工作，一年都快50万了，没给过我过一分钱，真是白养了。"

大城市人情淡漠，秦嘉浩有不给钱的道理，他觉得母亲有退休金，觉得他有房贷，有孩子，有车……

"这房子是你的。我现在就打电话给他说清楚。"母亲急于找个养老的依靠。

秦嘉卉说："秦嘉浩在上海生活不容易，我们生活都不容易。"

母亲终究没有给儿子打电话说房子。

前年，秦嘉浩两口子带着丁丁回兰州过年，秦嘉卉给丁丁包了一个2000块的红包，她是替父亲包的。秦嘉浩来家里时竟然空着手，过节也没给母亲一毛钱。嫂子嫌房间太小，他们一来就住进了对面的宾馆。母亲为了迎接他们，打扫了三天的卫生，腰差点扭了，儿子全家到头来住宾馆，母亲算是彻底寒心了。

秦嘉卉本来要把燕子辞退了，让母亲去看分店，后来她打消了这个念头。因为哥哥，她还是想分清楚一些事。比如她新买的那个一室一厅的房子。那个房子的租金刚好还贷，秦嘉卉当时凑首付的时候，还找可昕借了5万。她也想让母亲休息。60岁的人了，辛苦大半一辈子，也该休息了。

秦嘉卉看了一眼墙上父亲的照片，父亲估计会劝她为自己打算吧！

一天傍晚，父亲兴冲冲地回来，说小区门口的那家五金店要转让，他已经盘过来了，打算给秦嘉卉开个便利店。秦嘉卉兴奋得一夜没合眼。

便利店开业那段时间，很多供货商父亲都要亲自去联系，亲自去看。父亲说，千万不能进假货。父亲有高血压，晚上父亲的工友张叔喊去喝酒。父亲喝多了，半夜起来喝水，人就倒下了。母亲哭着喊醒秦嘉卉，秦嘉卉按压着父亲的心脏。救护车来了，父亲最终没有醒来，没有留下任何话。

一想起父亲的死，秦嘉卉的心就绞痛。如果父亲现在活着，那该多好，他看到自力更生的女儿，该有多高兴啊！

临睡前，秦嘉卉说："妈，秦嘉浩有本事就让他换，我这边买房子还欠着可昕的钱呢。"

秦嘉卉说完，去了卧室。这些年，她的心肠硬了许多，好像把生老病死、悲欢离合都经历几回了。

4

周末，母亲和小姨去了炳林寺石窟，说好的当天回来，到了下午5点，母亲打电话说，他们决定住在那边的宾馆，晚上打牌，第二天下午再回来。

秦嘉卉挂了电话，母亲又把电话打过来，她总是一次不把话说完。母亲说："你早点关门，叫个外卖吧。"

秦嘉卉口头答应着。秦嘉卉能做饭，但她几乎没有时间做饭，便利店不能关，母亲在上海的三年，她不是泡方便面就是叫外卖。

可昕打电话，激动地说高中同学聚会，见着绍远了。

秦嘉卉答应了一声，半天没有说一句话。

"绍远问你的情况，我假装不知道。看来，绍远一直没有忘记你……"

秦嘉卉听完心里酸酸的，有点难受。

17岁那年夏天，绍远和她并肩走着，他侧过头看着秦嘉卉说："以后我们生一个像你一样的女儿，她会有和你一样长长的睫毛。"他穿着一件浅蓝色的T恤，领口的扣子都系上，他是个严肃的学霸。秦嘉卉穿着一件绿色碎花连衣裙，扎着马尾，走起路来一晃一晃的。绍远突然停下来，说，别动。秦嘉卉不知道怎么了，难道是头发上掉了一只毛毛虫？

秦嘉卉一动不动，绍远低下头轻轻地亲了她的脸蛋。秦嘉卉盯着绍远的黑边眼镜，她不知道该怎么办，那是她的初吻，也是绍远的初吻。

秦嘉卉一阵风似的跑回家,后来好几天都不敢抬头看绍远。

上高二了,他们就一直偷偷约会,每天晚自习后一起回家,他们差点越过雷池,秦嘉卉胆子太小,绍远不敢强迫她。他们经常抱在一起数星星,看月亮,听风吹树叶的声音。每天晚自习后,他们就黏在一起,只有半小时,秦嘉卉的母亲规定女儿必须10点半回家。回家的时候,绍远拼命地蹬着自行车,满头大汗,每次都送到她家不远处的拐角处。秦嘉浩告诉了父母,因为秦嘉卉学习没受影响,反而有进步,父母也就睁一只眼闭一只眼。高三那年,他们打算一起考到北京,将来一起出国读博。秦嘉卉出车祸后,绍远来医院看过她,她那时候刚刚脱离重症监护,还在昏迷,据说他号啕大哭。

秦嘉卉恢复意识后,拒绝见任何人,包括可昕。高考后,可昕捎来绍远给她写的几封信,秦嘉卉一直没有打开看。她们搬了家,连可昕都失去了她的消息。直到3年后,可昕在街上遇见了她父亲,才恢复了联系。

秦嘉卉一直保存着绍远写的信。那时候在班上,他们也互相写信给对方。每天分别的时候,偷偷塞给对方,那是多么快乐的日子,亲笔书写的信笺上写上对方的名字,然后期盼他的来信。

现在,他们是两个世界的人。有一次打开收音机,无意间听到《第一次》,那是绍远经常唱的歌。秦嘉卉热泪盈眶。她找出了绍远写的信,当年隽秀的蓝色钢笔字迹,已经变淡,秦嘉卉知道,她从来没有忘记过他。那一年她18岁,已经10年没有他的消息,她的青春早已逝去……

秦嘉卉开了便利店,母亲也看到了希望。她开始规划本来不敢去想的女儿的人生。她和小姨张罗着给秦嘉卉介绍对象。有段时间，秦嘉卉回家总有男人坐在客厅等她，有离异的，有耳聋的，有工伤致残的，有年龄相仿的，也有差距悬殊的，各种情况，五花八门。

母亲说："像你这样的情况，找个腿脚利索，大脑聪明，有固定收入的人过日子就行，还挑什么。"

秦嘉卉一个都看不上。人都有点虚荣心，女人都希望找个帅一点的，经济好点的，爱自己的，舍得为自己花钱的。秦嘉卉虽说腿残疾，但也希望找个看着顺眼真心待她的。她给自己设计的未来生活里没有婚姻，只有挣钱给母亲养老送终，自己孤独到老。

偶尔，秦嘉卉的心里突然会有空荡荡的感觉，她会叫可昕一起喝点酒。有一次，她喝了一小瓶二锅头，吐得一塌糊涂，对母亲哭着说："我不相亲了，我这辈子就这样，你就认命吧，别再张罗我的婚事了，再不要让你的姑娘被人挑来拣去，像猴一样耍了。"

她觉得拄着拐出去相亲和耍猴是一个道理。

那天，母亲也淌了很多眼泪。后来她再也没找人给秦嘉卉介绍过对象。秦嘉卉再也没有喝过白酒。她未来的人生只有开店，挣钱，平静度过春、夏、秋、冬，直到人老终了……

5

天气越来越热，秦嘉卉的头发长了，夜里睡觉天天一头汗。前一天晚上，冷饮生意好，直到午夜才关店。今天一早起来，天阴着，有点无聊。秦嘉卉独自坐在店里，没人的时候，她就看看书翻翻杂志，偶尔沉醉于小说里，进来顾客，有种恍若隔世的感觉。

秦嘉卉正在看书，姨夫进来了，他说："嘉卉，你快进上5条黑兰州，昨晚咱们小区里死人了。一会儿估计有人要来拿。"

"谁走了？"

"就是那个经常来你店里偷东西的刘老头。"

秦嘉卉愣了一下，说："上个月，他还偷了一瓶醋，如果不是看监视器，我根本不知道谁拿的。"

秦嘉卉明明知道是刘老头偷的，但没有报警。刘老头有退休工资，日子也不紧张，就是有偷的毛病，偷药店，偷便利店，偷五金店，什么都偷，偷了还给老伴说，别人送的。他老伴经常会偷偷把钱付给人家。刘老头爱说爱笑，看起来很乐观，谁都不知道他喜欢偷东西。

姨夫说："你先给我拿一条，我得去灵棚边帮忙，连个孩子都没有，真可怜。"

秦嘉卉说："人都有这一天，走得突然也好，不受磨难。"

姨夫是个热心人，原先在工会上班，能写会说，懂些阴阳，姨夫是个直肠子，经常说话得罪人，看不惯的事总要管一管。他办事认真踏实靠得住，民政局和殡仪馆又有熟人，小区里的丧事都请他操办。父亲的后事，也是他帮忙处理的。

姨夫刚走，进来个乞丐，是个白发苍苍的老奶奶，她颤颤巍巍地向柜台后的秦嘉卉伸出手，秦嘉卉给了她一块钱。一看是苦命人，不像职业乞丐。她看到职业乞丐，总会说："你也可怜可怜我吧，你好歹行动自如，身体健康。看看我！"秦嘉卉就扶着柜台一跛一跛走出来，乞丐一看都默不作声走了，渐渐都不来了。

秦嘉卉无心看书，她关了店，去隔壁理发店剪头发，刚坐下，就看见芒果爸爸坐在她旁边。

店里没别人，他们就有一搭没一搭说着话。

"来理发啊！"

"是。"秦嘉卉有点不好意思。

前天晚上，临睡前，她看见芒果爸爸站在楼下抽烟，好像有什么心事。

秦嘉卉拉窗帘的时候，看见芒果爸爸朝她窗户看了一眼。她假装没看见。她不知道说什么。每个人都有心灰意冷的时候。

秦嘉卉洗完头发，芒果爸爸已经走了。等交钱的时候，店长摆摆手说："刚才的那个人有会员卡，已经交过钱了。"

秦嘉卉想着什么时候把钱还给他，20块钱的人情，她不想欠。

直到三天后的晚上，芒果爸爸又来买东西，他买了一瓶洗发水和两包番茄味的薯片，交钱的时候，一共68，秦嘉卉收了48，芒果爸爸愣了一下，说："你算错了吧？"

然后丢下100元就走了。

秦嘉卉扶着柜台追出去，芒果爸爸摆摆手。

秦嘉卉心想，他还是看我是残疾人，从心里可怜我。秦嘉卉已经度过了为此黯然神伤的阶段。第二天，她在网上买了一件漂亮的裙子送给芒果。她不想欠任何人的。坐公交车，每次都有人让座，她都没有坐，后来她出门不坐公交车，都叫滴滴快车。她不需要被人同情，不需要接济。最困难的时候，父亲没有接受任何人的接济，秦嘉卉也不接受。

芒果穿着新裙子，高兴地在屋里唱歌儿。芒果奶奶热情地端来一盘水果。秦嘉卉看着兴奋的芒果，心想总算保全了一点尊严，幸亏有这个孩子在，不然真不知道怎么还人情了，她在心里出了口长气。

后来，芒果爸爸见了她，总会笑一笑。有时候带着芒果来找她，总问,有没有需要帮忙的?

秦嘉卉不好意思麻烦他,就说没有。后来有一次,芒果爸爸发现店里有一个灯不亮了,他就跑出去买了灯泡,帮忙换上了。

秦嘉卉断断续续知道了他的一些事。他读大学的时候父母上班的工厂也破产了,为了供他读书,他父亲起早贪黑打两份工,大学毕业后,他一直找不到工作。没办法,就开了一家手机维修店。店里生意好,他在市里买了房,芒果的妈妈是他的大学同学,生下芒果后,她说让奶奶带孩子,她要去工作。芒果一岁的时候,她闹离婚跟别人跑了。

秦嘉卉问:"她没来看过孩子吗?"

芒果爸爸说:"从来没来过,他们全家移民了。后来我想,她找我就是想着多带点钱出去。离婚的时候,她拿走了所有存款,房子卖了,我们一人一半。"

"她没想着带芒果走?"

"她想带走,是我求她留下孩子,我担心芒果受委屈。"

"你真傻!"秦嘉卉说。

"是,大家都说我傻,其实我觉得带着孩子做单亲爸爸也挺好的。"

临走的时候,芒果爸爸说:"我姓肖,以后叫我肖默吧。"

"我叫秦嘉卉。"

"知道。"

"知道?"

"你妈天天在门外面喊,院子里谁不知道……"肖默说。

肖默抱着芒果回家了。秦嘉卉看着他的背影,心忽然动了一下,感觉有许多话想和他说。

秦嘉卉关了店门，天气闷热，院子里乘凉的人很多，有人在拉小提琴，有人在摇扇子，有人在喝茶聊天，有人绕着花坛倒着走路，有人坐着小马扎在路灯下下棋，孩子们在忽明忽暗的光影里嬉笑玩耍。多数人都在重复每天的生活，秦嘉卉也一样，她想回家冲个澡，然后看一会儿书。

接下来的日子，肖默几乎天天来店里买东西，有时候带着芒果，给芒果买个巧克力，或者棒棒糖，有时候一个人来买包烟。每次来都不急着走，帮秦嘉卉干点什么，擦擦货架上的灰尘，挪一挪牛奶和礼盒，出门的时候再带走垃圾。

芒果看着刚刚睡醒的小猫伸着懒腰，她激动地抱起它，小白猫已经长大了，它健壮、漂亮，依然乖巧，经常安安静静地趴在秦嘉卉脚边的蒲团上晒太阳。它也喜欢芒果，经常往她身上蹭，有时候挨着她，静静地看她画画。

肖默说："芒果是有猫万事足。"

秦嘉卉总是歉意地说："你老这么帮我，真不知道怎么感谢你。"

一天晚上，下了雷阵雨，店里没人，秦嘉卉关了收银机电源，准备关门，肖默进来了。肖默脸涨红，盯着秦嘉卉说："我来帮你！"

他喝酒了。

肖默说："我口渴，喝杯水再关门行吗？"

秦嘉卉说："当然可以，我请客。"

秦嘉卉让肖默坐凳子上，切了一块西瓜递给他。她喜欢吃西瓜，甜的水果可以让人忘记苦。

肖默吃着西瓜，话匣子打开了，他说他父母是包办婚姻，却很恩爱，又说了他几个朋友的命运，有的发达了，有的下岗了，有的离婚了，有的还单身，命运真是不会放过一个人。秦嘉卉静静听着，偶尔插一句话，后来秦嘉卉也讲起了她的高中时代，两个人说到了12点。那天的月亮很亮。两个人都不舍得结束话题。本是早该要回去的，是夜晚的宁静留住了他们。

夏日的风轻轻吹拂。

肖默说："好久没有这么聊天了。"

"再不回家，天就要亮了。"秦嘉卉看了时间，已经12:30了。

两人静静地走回家，秦嘉卉拄着拐，发出很有节奏的嗒嗒的声音，空气里有甜润的花香。

回到家，她一直回味着肖默的话。肖默个头高长得帅，又有钱，虽然离婚了，肯定有很多漂亮的女人喜欢。也许是同情她，才经常帮她，或者是因为芒果？夜深了，月亮很亮，秦嘉卉看着透过窗帘的月光，想起很多事，直到天快亮了才睡着。迷迷糊糊中，她听见母亲说："你再睡会儿，我早上去看店。"

秦嘉卉答应着，沉沉睡去。

中午，有人敲门，秦嘉卉开门一看，是肖默，她还没洗漱，尴尬得不知道如何是好。不知道为什么，秦嘉卉对他忽然有一日不见如隔三秋的心情。

肖默说："门口有个你的快递，我顺便拿了给你带进来。"

秦嘉卉紧张得手心都出汗了。

"吃饭了吗？"

"还没？"

肖默说："那我给你去买点吃的。"

秦嘉卉说："不麻烦了，我随便吃点。"

肖默还是去门口给她点了小碗炒拉条。肖默送去就走了，他说最近活很多。秦嘉卉吃了一半，又昏昏沉沉地睡过去了，下午3点才去店里。

6

夏天冷饮生意特别火爆，冰柜几乎天天要补货，秦嘉卉打电话让供货商明天一早再送100个冰激凌，康师傅饮料各一箱，五泉、雪花、青岛纯生各六扎，还有酒鬼花生、干炒瓜子。这几天气温升到38℃了。秦嘉卉站在店门口，东张西望看有没有卖西瓜的三轮车，母亲喜欢吃西瓜。晚饭后母亲去跳广场舞了，秦嘉卉支持母亲去跳舞，人老了就要多活动，心情愉快，腿脚利落，走路也轻快。母亲跳了半年瘦了5斤，人也精神很多。

芒果和她爷爷来了。

"阿姨，你真美。"芒果一进来就说。

秦嘉卉穿的是纯棉的黑白格子裙。平常她基本都穿裤子，或者运动服。天气太热，是母亲让她穿裙子的。

店里闷热，秦嘉卉没有开空调，她的腿受不了空调，她也不能吃冰。芒果坐在地上的小板凳上给她的布娃娃换裙子，她说天气太热了，布娃娃都流汗了。秦嘉卉没有看到布娃娃的汗，倒是看到了芒果额头上的汗珠。

她给芒果拿了一个冰激凌。

芒果想要又不敢拿，她说："阿姨，我爷爷今天没有给我钱。"

秦嘉卉笑了："这个是阿姨送你的，你别和你爷爷说啊，不然他又送钱给我。"

芒果乖巧地点点头。

"阿姨你陪我吃？"

秦嘉卉犹豫了一下,说:"阿姨的腿不能吃冰冷的,阿姨看你吃。"

芒果点点头。

秦嘉卉想不起最后一次吃冰激凌是什么时候了。

好像是绍远请她吃的。那天放学,绍远在校门口等她,吞吞吐吐地说要请她吃肯德基,那时候肯德基在兰州没几家店,离他们最近的在广场,绍远说:"昨天是我的生日,爷爷、奶奶给红包了,我们今天去美美地吃一顿。"

绍远是独生子,父母都在高校工作,生活条件要比秦嘉卉优越。那天,他们吃完了一个全家桶,又吃了草莓冰激凌,两个人一直傻傻地笑,绍远话不多,他嘴巴周围开始冒一些小胡子,他总是低着头,生怕别人知道他发育的秘密。

也不知道可昕他们聚会怎么样了?可昕没说,秦嘉卉自然不能问。她相信可昕肯定会告诉她的。

芒果最近喜欢画画,经常来店里坐在小板凳上画,秦嘉卉曾经上过绘画班,她还记得一些基本的笔法,就教芒果画。芒果总用认真而崇拜的目光看着她。

店里来了人,秦嘉卉让芒果看图画书,她得盯着摄像头。店里最近老丢东西,有个老太太一进来就奔后面去了,秦嘉卉盯着摄像头,老太太一直往她布袋子里放东西。

秦嘉卉拄着拐走过去,咳嗽了一声,老太太惊呆了。

"袋子里的东西都是要结账的吗?"

老太太头都没敢抬,哼哼了一声,丢下袋子就走了。

芒果画了一个房子、一朵云,她突然抬头问:"阿姨,你怎么没有生宝宝呢?其他阿姨都生了。"

秦嘉卉突然一阵悲哀，瞬间想到自己的余生。她去医院做过检查，她能怀孕生孩子，以前做手术吃药都不会影响。

芒果说："阿姨，你当我的妈妈，我当你的孩子好不好？"

芒果怀里抱着布娃娃，她是那个布娃娃的妈妈。秦嘉卉把芒果紧紧抱在了怀里。芒果感觉到了，她抬头发现秦嘉卉在哭，用小手替她擦眼泪，关切地说："阿姨不哭，阿姨不哭，就像在哄她的布娃娃。"

芒果的小手软绵绵的，她用她的体温融化开了秦嘉卉冰封的心。她笑了，说："芒果，以后我就是你的干妈，你喊我嘉卉妈妈！"

"太好了，我有干妈了，我们拉钩！"

"拉钩！"

芒果爷爷来的时候，芒果把她有干妈的事儿，兴奋地告诉了爷爷，她一出门，估计全世界都知道了。

下午，可昕来了。

可昕一进门就说："绍远马上要移民了，他可能再也不回来了，他现在是我们同学中最有钱的。果然高学历、高智商才能有好生活啊。他一直在我跟前问你，说从来没有忘记过你，说你出事后，他一个人经常在你们约会的操场的篮球架下，孤零零地在那里为你祈祷。他对我说的时候，眼泪都差点出来了。他曾经是真的喜欢你啊，嘉卉！我就没有被人这么喜欢过，你这辈子也值了，对了，他让我带给你一个礼物。"

可昕说着拿出一个袋子。秦嘉卉打开，袋子里除了一套国外的化妆品，就一张银行卡，也不知道卡里的金额。

"绍远说，卡的密码是你的生日和他的生日。"

秦嘉卉很严肃地把卡递给可昕："你把这些还给他。告诉他，他的心意我领了,我现在有钱,够用。"

可昕像犯错的孩子一样,小心翼翼地接过袋子。秦嘉卉的目光不容拒绝。

分别时,秦嘉卉说:"如果你透露我的住址,绍远出现在我面前的那一刻,就是我们分道扬镳的时候。"

"知道了,知道了,我现在打车就给他还回去。他明天就回深圳了,我犯不着为了他得罪伟大的秦嘉卉小姐。"

秦嘉卉笑了。

"你的事儿怎么样了?"

"僵持着,我和他说了,如果他净身出户,要女儿,我明天就去办离婚手续。"

可昕是现实的。

可昕说:"一切已经完了,我必须现实一点。我觉得钱比男人可靠多了。"可昕说着狠话。

秦嘉卉拍了拍她的肩:"早点结束吧,何必僵持着,等过阵子回头看,会发现这些其实都不算事儿。"

可昕点点头。

秦嘉卉看着可昕坐的出租车渐渐远去。想到绍远给自己的卡,她心潮起伏,心情忽变得难过又复杂,绍远的钱她怎么能要呢?如果没有车祸,她会和绍远在一起吗?人生的残酷就在于没有如果,只有不断地向前走,向前走。

7

连续的高温天气,冷饮的生意越来越好。秦嘉卉每天都要进货,两个店冷饮的销量飙升。秦嘉卉打电话，嗓子都哑了，刚放下手机，想喝口水，手机响了，是肖默打来的。

肖默说："晚上一起吃饭可以吗？"

肖默请她吃饭，会是什么事呢？秦嘉卉不知道该不该答应。她犹豫了片刻。肖默说："我们吃火锅吧，你六点半在店里等我，我开车来接你。黄河边开了一家涮羊肉，听说味道不错。"

那口气根本不能拒绝。秦嘉卉只能答应。放下电话，她有点慌乱和不知所措。她没有准备好。她急忙打电话给可昕。

可昕说："好事啊，你不是一直对他有好感吗，你等着啊，我中午过来陪你做头发，晚上你就放心去约会。"

"他约我吃饭，他怎么会约我吃饭？"

秦嘉卉反复问。

"因为喜欢你。"

"他喜欢一个瘸子？"

"瘸子怎么了？瘸子就不能爱了吗？何况你论相貌有相貌，论修养有修养。"

一种紧张的、超过她承受力的慌乱压迫着她的心，她渴望着，又担心着。

肖默来接秦嘉卉的时候，西边的晚霞正浓，河面上泛着薄薄的微光，像少女害羞的红晕。秦嘉卉没有听可昕的建议去做头发，不过她换了一件淡蓝色的裙子，是前几天在网上买的，亚麻面料的欧版长裙。肖默把她的拐杖放到后备厢，秦嘉卉自己上车，在选择副驾和后座的时候，她心里矛盾极了，副驾是肖默打开的，很显然他想让她坐那里，而秦嘉卉想坐后面。她刚要打开后座车门，肖默冲她一笑："坐前面吧，吃完我带你去滨河路看夜景。"

秦嘉卉的脸唰地红了。她很窘，只好上了副驾。坐上车，肖默帮她系好安全带。他们靠得很近。秦嘉卉听见自己的心在"嘭嘭嘭"地跳。

"你吃辣怎么样？"肖默问。

"还行，以前吃药的时候一口辣都不能吃。整整3年，我一闻见对面麻辣烫店的味道就流口水。"

肖默一听笑了。

秦嘉卉也笑了。

肖默说："今天不是周末，我们先吃饭，天气热，火锅店里估计人也不少。书上说，夏天人体内反而是寒的，该多吃热的食物。"

肖默点了鸳鸯锅，点的素菜居多，秦嘉卉只要了一盘羊肉。聊了几句，秦嘉卉心跳踏实下来。

"说好了，今天这顿我请客。"秦嘉卉说。

"哪能让你请，是我约你的。"

秦嘉卉说："那好，我下次回请你，还来这家。"

"非得算这么清吗？"

"礼尚往来！"秦嘉卉眨了眨眼睛说，她要和肖默保持适当距离，不能让他看出她对他的好感。

秦嘉卉吃了很少的肉，又吃了些青菜、金针菇、豆腐之类的。火锅店人多嘈杂，说话挺费劲。肖默一直给她不停烫菜，菜好了，就夹给她。

秦嘉卉的电话响了，是小燕打来的，说了一些要补的货，秦嘉卉让她列个名单微信发过来。放下手机，秦嘉卉发现碗里一碗菜。

"你也吃点啊。"秦嘉卉说。

肖默说："我在吃，你没看到啊。"他说着端起现切的羊肉，放到锅里，麻辣锅和海鲜锅各放了一半。

"我怎么吃得完？"秦嘉卉看着碗里的菜，抱怨着。

"多吃点，你太瘦了。"

秦嘉卉一抬头撞上了肖默的目光。

肖默随即低下头。

"不知道为什么，每次我看见你，都有点紧张，就像高中时见到漂亮女生一样，我都35岁了。"

秦嘉卉吃着菜，不知道该说什么，说什么好像都有点心虚。

肖默给秦嘉卉要了一瓶干红葡萄酒，让秦嘉卉少喝点，他要开车，不能喝。秦嘉卉接过肖默递过来的杯子，碰触到了肖默的手，她看了一眼肖默，肖默的目光和她的又撞在了一起，这一秒变得漫长，好像一起进了时光隧道，却找不到出口。

肖默的脸通红，他说："嘉卉，我可以叫你嘉卉吗？"

秦嘉卉点点头："我们都是朋友了，你就叫我嘉卉，我喊你肖默。"说完心里却是若有所失的感觉。

吃饭的后半段，秦嘉卉开始惶惶不安，她担心自己的目光暴露了一切，幸亏大厅播放音乐。

餐厅外面就是黄河。夜幕降临，华灯初上，河面波光艳影纵横交错。吃完饭，秦嘉卉一瘸一拐地下楼，再次引来一些人的侧目，她已经习惯了这样的目光，这些目光曾经像刀子一样割过她的心，现在对她没有任何影响。

"想去看电影吗？"肖默问。

"还是兜风吧，难得有专车。"秦嘉卉故作轻松地说。

"以后你想出来散心，随时告诉我。"

深邃、宁静的夜空，舒缓而温柔的河水。秦嘉卉望着河水，肖默的目光却一直盯着她。

秦嘉卉说:"月亮真好。我们散散步吧,这样的夜晚真的让人心动啊!"

肖默说:"真想这么一直看下去,真美啊!"

夜晚的滨河路安静极了。

"累不累?"肖默回过头问秦嘉卉。他的声音浑厚有力,给人一种踏实感。

"不太累。"秦嘉卉轻轻回答。

肖默微笑着:"累了我们就回车上去。"

秦嘉卉说:"我的腿现在挺好,站一个小时没什么问题,当然走一天半天肯定是不行的,我走半天路也累。"肖默笑着。他说话十分注意分寸,秦嘉卉尽量让自己坦然一点。但她心里也有黑暗的时刻,有时候她会问自己,腿残了,为什么还要活着,这样的念头像流星一样经常会闪一下,平常,她的心还是阳光灿烂的。

晚上刚回到家,秦嘉卉收到了一条短信:"丸子,我犹豫再三,还是想见你一面,请你理解我这么多年牵挂你的心。"

秦嘉卉的心里咯噔一下,是绍远发的短信。这个世界上喊她丸子的人只有绍远。

绍远的短信一条接一条。

"这些年我一直在找你,我想尽办法联系上了可昕,找到了可昕的电话,打听到了你的消息。"

"我不想打扰你平静的生活。这15年我经常祈祷,希望有生之年和你再见一面,这么多年了,我想了你这么多年,我只是想和你面对面说说话。"

可昕说绍远在深圳一直做软件,他的收入不错,已经结婚,有个4岁的儿子。秦嘉卉努力地回忆绍远的样子，竟是模糊的，从前的事也记不清了，都是一些片段，从高一和他同班同学开始，算起来，已经15年了，时间是一条永不回头的河流。

绍远的短信发个不停。

"那时候，你拖着长长的马尾辫，穿着白衬衣，像一朵青涩的栀子花。你的大眼睛那么亮，像星星一样，长睫毛忽闪忽闪的。我永远忘不了你的样子。但你不要有负担，把我当成哥哥就好，我们都经历了很多事。可我们的初恋是永远不能忘记的。"

"我可能要去国外定居了，公司在新西兰开了分公司，让我过去负责。以后来兰州的机会不多，不管我在哪里，只要你有需要，我一定会帮你。"

秦嘉卉没有回信息。她把写好的一句"其实你不该把我记这么久，个人有个人的命"，一个字一个字地删掉。她把那个电话拉进了黑名单。

这一切在17岁那年都结束了。和绍远在一起的青春往事，像是上辈子的事。秦嘉卉望着窗外的夜色，她知道，她永远也不会见他，也不想有什么联系。她的心也如她的目光一般平静。

她发信息给可昕："如果你再和绍远联系，我就没有你这个朋友了。"

可昕发来无数个对不起……

8

中秋后的一天傍晚，天刮起了风。秦嘉卉一想到洗的衣服还晾在外面，急忙打电话给母亲，母亲没有接，打了好几遍，都没有接。

秦嘉卉只能关了店，回家去收衣服。

豆大的雨点砸下来，像密集的爆竹，响个不停。浑身湿透的秦嘉卉推开家门，发现母亲昏倒在卫生间，嘴角还有血，她吓得急忙拿出手机给肖默打电话，肖默有车，她怕叫120耽误母亲的病情。肖默帮她把母亲送到医院，跑前跑后办手续。母亲直接被送进手术室。大夫说母亲有点血管堵塞，需要在血管里安装两个支架，秦嘉卉一听腿都软了。她手抖得不能签字，她让肖默帮她签字。

母亲的手术很顺利。肖默几乎天天跑医院，忧心忡忡的秦嘉卉不知道该怎么感谢他。欠了他这么大的人情，该怎么还啊？母亲出事，她第一个想到的不是小姨和姨夫，而是肖默，这让秦嘉卉自己都很震惊。也许肖默早已在她的心上。

母亲出院后，秦嘉卉买了一大堆的东西去了肖默家。肖默在店里加班，不在家。芒果见了她，扑闪着两只大眼睛，喊着嘉卉妈妈，欢呼着伸开胳膊抱住了秦嘉卉的腿。肖默的爸爸和妈妈端了水果，嘘寒问暖像是久别重逢的亲人。

晚上回家，肖默发来微信。

"我搬到这个小区，第一次见到你，就喜欢上了你，那天你站在蔷薇花下，穿着白衬衣，正在修剪花枝。我对你的喜欢和芒果喜欢你无关，我们都已过了小半生，如今做的决定都是深思熟虑的，我真心想照顾你一辈子，你是那么坚强，又那么独立，我希望你给我们一个机会，我会用后半生来爱你。"

秦嘉卉没有回信，肖默喜欢她，这算是表白吗？这两年，秦嘉卉断了结婚的念头，她觉得一个人守着店过一辈子挺好的。想了想，她还是给肖默回了微信："我配不上你，别再说这样的话了，邻里邻居的，不然很尴尬。"

母亲生日这天,秦嘉卉请肖默一家和小姨、姨夫在附近的羊肉馆吃了一顿饭,一起给母亲过生日,也是为了表达谢意。肖默母亲一进包厢就给秦嘉卉一个礼物,是金镯子。秦嘉卉哪敢要这么贵重的礼物,她坚决不肯收。肖默妈妈拗不过她,只好装起来。

肖默忙前忙后,帮着招呼。秦嘉卉看着他,心里酸酸的。她想着,以后要保持点距离。小姨瞥了一眼秦嘉卉,她对他们的关系表示怀疑。小姨一直觉得秦嘉卉虽然腿有毛病,但人漂亮,男人见了她漂亮的脸蛋都会动心思。

秦嘉卉听见肖默爸小声问姨夫:"你觉得这两个有可能吗?"

"我看有。"姨夫低声说。

吃完饭,几个老人不约而同地说要散步回家,本来就一站路的距离。

肖默的车里只有秦嘉卉一个人了,她的心突突地跳了起来,她得说点什么,来掩饰自己的紧张。

肖默把车开到了小西湖桥,夜晚,桥上的车辆依然川流不息,桥上五彩的灯光像水波一样微微荡漾。整个金城像笼罩在梦幻中。肖默的眼睛一直注视着前方,秦嘉卉侧过脸,看到他清晰的轮廓,他的侧脸线条柔和,眼角向上,他一定在笑。

秦嘉卉问肖默店里的事,肖默说:"现在的人离不开手机,手机成了必需品,我整天忙得焦头烂额,最近活儿太多,上个月找了个小伙子帮忙。"

秦嘉卉说:"也好,你能有点自己的时间了。"

肖默并没有把车开回店里,而是停到了一个咖啡厅。

肖默说:"去喝一杯再回去吧!"

秦嘉卉踌躇了一下。她虽然拒绝了肖默,肖默好像根本没有放在心上，他更积极了。秦嘉卉觉得坐坐也好，或许可以把话说明白。

一下车，肖默走过来，轻轻握住了她的手，秦嘉卉的心颤了一下。很多年她没有握过男人的手了。肖默的手暖暖的，充满了力量。秦嘉卉急忙抽出手，气氛一下子尴尬起来。好在门口的迎宾小姐过来带路，才缓和了一下情绪。

咖啡厅里播放的是莫扎特的小提琴协奏曲。他们坐在靠窗的位子，这里闹中取静，还可以看到繁华的大街。

秦嘉卉笑道："我好些年没有来西关什字了。"

肖默抬头看了一眼她："以后，你想来，就告诉我。"

顿了顿，肖默又说："我离婚以后，心里发生了很多的变化，以前总在乎那些外在的，什么长相、学历、房子、车子、工作、家境，而现在我只看重人。"

秦嘉卉笑了一下说："人都是会变的。"

秦嘉卉现在的心境很明朗，她诚恳地说："肖默，我的话说得很清楚了。你不要说那些话了，再说朋友都做不了了！"

肖默不再说话。

他们默默地喝完咖啡，走出咖啡馆。回来的路上，秦嘉卉看着窗外，一直没有说话，肖默也没有说话，他们之间有一种天然的默契。

9

可昕说晚上要来，让秦嘉卉等她一起吃饭。

秦嘉卉一直在店里等，直到天黑，可昕才来。手里提着两碗砂锅。她脸色憔悴，眼窝深陷，看样子几天都没睡好了。

可昕跟踪了王辉半个月，只拍了几张吃饭的照片，这点证据，王辉肯本不能净身出户。她说王辉带那个女人几乎吃遍了兰州的高档餐厅。她每天打着不同的车子跟踪他们，跟着跟着，她有些受不了了。

"王辉有认错的可能吗？"秦嘉卉说。她说完了才觉得自己想多了。现在的王辉不是过去的王辉了，遇上渣男还能怎么样？

可昕说："今天晚上我想和你住。"

"朵朵怎么办？"秦嘉卉提醒她孩子的事儿。

"反正我不要孩子，我妈坚决不让我要。"可昕坚定地说，语气决绝而又霸道。

秦嘉卉嘴里吃着一个丸子，嚼了半天，怎么也不能下咽。

可昕在掉眼泪，她哽咽着："我想要幸福的小家，我也想朵朵有父母陪伴，可，命运给了我什么，我犯了什么错，会遇上这样的事。"

"没办法，你遇上了，就得咬着牙挺过去。孩子、财产，你都得考虑。"秦嘉卉平静地说。

离婚大战伤筋动骨，一般人都吃不消。

可昕结婚前谈的男朋友太少，她当初看上王辉，主要是看上了他的家产。当然感情是有，但有几个富二代是靠谱的！

她安慰可昕："三条腿的蛤蟆不好找，两条腿的男人多得是，犯不着为这样的男人干傻事。"

可昕终于笑了，说："行，到时候咱们一起找。"

夜里秦嘉卉回到家，母亲还在看电视，小姨在一边织毛衣，这个点，小姨一般都回家了。姐妹住在一个小区来往方便，她们有说不完的心里话。有的兄弟姐妹成了仇人，有的却是永远的亲人。小姨放下手里的毛线，笑眯眯地站起来。秦嘉卉进屋洗了手，她猜小姨是来说媒的，她每次说媒的神情都一样，两眼放光。

母亲关了电视，把削好的苹果给她放到桌子上。秦嘉卉坐下，小姨和母亲也凑过来。房子里突然热闹起来。母亲好像很兴奋。

"你知道今天谁托你小姨说媒了？"母亲笑眯眯的。

秦嘉卉抬了一下眼皮，看了母亲一眼，不知道说什么。等母亲和小姨的心情平复了一些，房间里终于安静下来。

小姨说："嘉卉，你的好运来了，今天肖默的爸爸托我向你提亲。"小姨的眼睛里闪着亢奋的光芒。

秦嘉卉说："小姨，你胡说什么，你知道自己在说什么吗？"

小姨笑了起来："哎呀呀，我这把年纪了，怎么会胡说呢？今天中午肖默的爸爸专门提了烟酒到我家去的，萧爸爸说，肖默太害羞了，不敢给你表白。嘉卉，我们一直以为你会独身一辈子，我和你妈妈这两年都不抱希望了。本来给你介绍的，不是丧偶的，就是离婚的，或是残疾的，没有特别好的。"

秦嘉卉听了这消息，她不知道怎么说。她吃了一口苹果，看了看两个老姐妹，她笑了，"不让你们操心我的事儿，就是改不了。"

小姨嘿嘿笑着。母亲也笑了。她们对肖默非常满意。

"现在全院子的人都知道你是芒果的干妈。你就接了吧。"小姨说。

秦嘉卉模棱两可地答应着，大晚上的，她不能让两个爱她的人睡不着觉。她得好好想想。听到肖默提亲的事，她脑子乱极了，不过，她很快冷静下来，她要快刀斩乱麻，把这事处理得干干净净，让肖默断了念头。

她对芒果好，那是真的好。难道肖默是因为芒果？别人会怎么说她,说她讨好一个小孩子,给自己找归宿。这话听着她特像心机婊,她得赶紧解决这事儿。

第二天秦嘉卉主动给肖默打电话。肖默正在忙,他心眼实,从声音里就分辨出他很高兴。

秦嘉卉说:"晚上我请你喝咖啡。就小区斜对面的咖啡馆里。"

肖默一口答应下来。他兴奋地说:"我刚想给你打电话,约你晚上看电影。"

傍晚,天还没黑,秦嘉卉急急忙忙关了店门,她害怕流言,她顾不上生意了,她去了斜对面的咖啡馆。那家咖啡馆,是对面高档小区新开的,环境简约,一天到晚播放着爵士乐。刚开的时候,可昕陪她来过几次。

肖默已经到了,他坐在角落的一张沙发上,看见秦嘉卉,急忙迎了上来。咖啡的可可香味弥漫着。她一般晚上不喝咖啡,喝了会影响睡眠。

咖啡端上来。

肖默说:"你真美!"

秦嘉卉拢了拢头发,不知道说什么好,她今天穿着灰色哈伦裤,上身一件淡蓝色小碎花的雪纺短袖,头发披着。

"等到我不愁生计的时候,就在河边找个地方,也开一家咖啡馆,放很多书架,摆很多书,人们可以点杯咖啡安静地坐着看书,看黄河落日……"

太阳一点一点下去。窗外的光暗淡下来。肖默望着她,她望着肖默,目光的对视中,好像已经说过了千言万语。

秦嘉卉喝了一口咖啡,说:"我配不上你。"

"我对你是真心的。"肖默说。

"我是残疾人，我这辈子打算就这样，不想结婚了。"

"我会照顾你一辈子。"

"你还是找一个健康的女人吧，我和你一起散步都有困难。更何况，你能忍受和我一起出去时，别人异样的眼光吗？"

"我能！"

"我不想让你忍受，我不想让你的心情变糟糕。"秦嘉卉激动地说。

"日子是自己的，和别人无关。"肖默说。

秦嘉卉叹了口气："我已经没有权利结婚了，以后不要再提这事儿了。"

她说完心里轻松了一些，悲伤却怎么也挡不住。外人觉得，残疾的她可以嫁人，但不能嫁肖默这样的，她是配不上他的。她顿时泪流满面，就要起身离开。

肖默说："喝完再走吧！"

肖默递过来纸巾，秦嘉卉擦了眼泪。

走出咖啡馆，天完全黑下来了，冰凉的秋夜，夜空繁星点点，缤纷的落叶在静悄悄地飞舞。分手的时候，秦嘉卉拄着拐，站在路边，望着落叶。

肖默几次都想说什么，他眼睛里流露出焦灼和失望。半天才说："我是真心对你的。我已经想过了，到对面买一套电梯房，这样你也方便。芒果的事你别有负担，这孩子就是喜欢你，我爸说他会一直帮我带，而我喜欢你，是从第一次见到你就喜欢你，我希望你给我们一个机会，先别给自己下一辈子独身的决心。"

秦嘉卉心一横，笑着说："你别再说了，我是芒果的干妈，现在，我们还是朋友，再说我们连朋友都做不了了。"秦嘉卉说完，鼻子酸了。

秦嘉卉慢慢走回店里，在路上，她努力平复着自己的心情，到了店里，母亲问："谈得怎么样？"

秦嘉卉说："就那样。"

这天晚上，秦嘉卉忽然觉得很累，心里空荡荡的，她洗了个澡，一觉睡到第二天早晨。

10

自秋到冬，兰州的天变得灰暗没有生机，天气一天比一天寒冷，路面也开始结冰，黄河水却变得湛蓝清澈起来。冬日的兰州，空气冰冷，阳光温暖。便利店生意清淡，秦嘉卉抱着眯眯，呵着白气，盯着路边树上刺向天空的枯枝，她打了一个寒噤，裹紧了棉衣。树下，几只蹦来跳去觅食的麻雀在寒风中瑟瑟发抖。

秦嘉卉在这漫长的冬日里，静静地待在有暖气的屋子里听音乐，看小说，不知不觉，日落了，时光就溜走了。

周末，街上人很少。可昕突然打电话来，她一般周末都在带孩子，很少打电话，再说在婆婆家打电话也不方便。秦嘉卉感觉出事了，急忙接了电话。

可昕说："我活不下去了，你照顾好自己。"

秦嘉卉急忙问她："你在哪？"

"我在广场。"

秦嘉卉叫母亲来看店，她急忙打车赶到广场。

秦嘉卉背着她的牛皮小包，围着一条红色的长围巾，一瘸一拐地寻找着可昕，路上的行人望着她。隆冬苦寒，人都把自己包裹得严严实实，唯恐冻着，又似乎怕被人认出。广场喂鸽子的地方，秦嘉卉发现了可昕。这里离王辉的银行很近。

可昕失魂落魄，脸色憔悴，捂着肚子坐在台阶上，她的黑色羽绒服上全是土，她的头发很乱，脸上有瘀青，嘴角有血迹。显然是和谁厮打过。"你这是怎么了，被人抢劫了？"

"嘉卉，我活不下去了，真他×不想活了！"

秦嘉卉知道她肯定见王辉了，而且两个人吵架了。

"在大街上，你们这样打有意思吗？"秦嘉卉苦笑着。

可昕不说话。

秦嘉卉说："快起来吧，这么多的人，你想让人把我们当猴看啊。"

可昕这才神情黯然地从地上起来。秦嘉卉拍了拍她身上的土。

"走，我们去吃饭，边吃边说。"

可昕这才抬起头，咧开渗着血的嘴唇笑了："还是你对我好。"

她们并肩走在人流中，秦嘉卉盘算着怎么安慰可昕。她忽然想起了父亲，父亲最会安慰人了。秦嘉卉骨子里是像父亲的，父亲朋友多，热心肠，有时候他会说："我一直在做善事，为什么我的女儿会有这样的命运？"不过他大多数时候都在鼓励秦嘉卉，躺在床上的日子，他鼓励她，说她肯定会站起来；站起来了，他说她一定可以自己走路，只要坚持锻炼。

看着可昕喝完一碗南瓜小米粥，又劝她吃了两个包子，秦嘉卉才问："到底出什么事儿了？"

可昕流泪了："嘉卉，我错了，当初不该嫁给王辉，是虚荣心的报应啊。我今天去王辉单位了，问他考虑得怎么样了。本来我是想像泼妇一样大闹一场，只是我拉不下脸，王辉把我拉出单位，后来因为孩子的事儿就吵了起来,他不想要朵朵,我说,你不要朵朵,就永远也别想离婚。"不是我不爱朵朵,我就是要让他和狐狸精后半辈子过得不那么舒服。

秦嘉卉叹了口气,她有些伤感。她听可昕痛骂了一个多小时王辉,可昕气消了大半,她们才离开饭馆。她不放心可昕,坚持把她送到了可昕父母住的地方。

可昕在楼下说:"幸好有你在,不然我真的没法活了。"

秦嘉卉笑笑,转头上了出租车。

开出一段路,秦嘉卉回过头去,可昕还在原地。秦嘉卉又挥了挥手。天上不知何时飘起了雪花,秦嘉卉想着该穿加厚的棉衣了。

一周后,可昕离婚了。可昕说:"王辉没有办法,那个狐狸精怀孕了,他不能耗下去。王辉妈妈答应把朵朵一直带到18岁,可昕随时可以去看孩子。公公、婆婆很疼朵朵,她平常有时间就去陪朵朵,后妈不会把孩子怎么样的。"

秦嘉卉问:"王辉的伤好点了吗?"

"他的右胳膊暂时还不能动。"可昕的眼里燃烧着愤怒的火焰。

可昕拿着刀,在地下车库准备和狐狸精和她肚子里的孩子同归于尽,王辉挡了过来,刀子扎进了王辉的胳膊。可昕说,那一瞬间,我觉得为了这个忘恩负义的男人坐牢不值得,就住了手。王辉没有起诉可昕。办手续的那天,可昕狠狠地扇了他一个耳光。

王辉一家不讲道理,连房子都不想给可昕,事情闹得这么僵,狐狸精肚子又大了,日子没法过了。婆婆怪她太较真,说哪个男人不偷腥,都是她闹的。王辉爸爸知道是儿子错,把婚房给了可昕,答应了可昕提的条件,可昕才去办了离婚手续。

11

冬天的被窝很暖和，秦嘉卉每次都依依不舍地起床。春、夏、秋、冬，她起床的时间，和上学的孩子们起床的时间是一样的。天还黑着，路上三三两两的行人，大多是赶着上班和送孩子上学的家长。秦嘉卉出门的时候，遇见芒果爷爷送芒果去上幼儿园。

她好几天没见肖默了。她把他的微信拉进了黑名单。为了避免尴尬，她三天没有去店里，整天昏睡，母亲以为她感冒了，说让女儿休息，店里有她。

秦嘉卉的脑子里挥不去肖默的样子，她不想见人，不想说话，不想去店里，经常偷偷掉眼泪。她没有信心和肖默开始感情生活。夜晚漫长无边，她像条灰色的毛毛虫，一动不动地趴在被窝里。她整整睡了三天，才让自己渐渐平静下来。没想到刚一出门就遇见芒果。

芒果手里拿着一个油饼吃，她穿的毛茸茸的米色棉衣，像一只欢快的小羊羔。看到秦嘉卉，加快了步子，喊着："嘉卉妈妈，嘉卉妈妈！"

秦嘉卉答应着，冲他们招了招手。

芒果还是扑过来，非要亲一下秦嘉卉再走。

肖默爸爸抱起芒果，秦嘉卉把脸凑过去，芒果冰凉的小嘴亲了过来。

芒果先走了。秦嘉卉看着他们的背影，心情有点复杂。

芒果爷爷好像知道了，话少了许多。

刮了一夜大风，一地的落叶，路两旁的树在冰冷的寒风中哆嗦。

整个冬天，兰州干燥寒冷，迟迟不见下雪。冬天喝冷饮的很少，生意有些冷清。这段日子，秦嘉卉有点忙，她要看分店的账目，要退掉一些卖得不好的货，补一批新货，要在网上查，要和供货商沟通，这些都是耗费精力的事。

早上，秦嘉卉把这一年的收支整理了一下，还不错，两个店收益可观。除去两边房租、小燕和胖丫的工资，那个分店今年赚了11万，秦嘉卉这个店收入了15万，今年比去年还好一点，她打算春节时给小燕和胖丫各包一个五千的红包。

秦嘉卉去银行取了鼓鼓囊囊的一万块现金，晚上回家递给母亲。还没到春节，她想让母亲提前高兴高兴。母亲很感动，她说："我后半生靠你了，你放心，你给的钱，我存着呢，不会给你哥的。"

秦嘉卉说："你看着办，各尽各的孝。"

母亲叹了口气说："你哥哥那边快生了，可能春节前后，我得过去帮忙。"

多一个孙子总是高兴的事。二胎政策一放开，嫂子就怀孕了。

秦嘉卉叹了一口气："我爸知道了，一定高兴得不得了。"

母亲说："你爸没那个福气啊。"

秦嘉卉信心满满地说："你就放心去吧，我又不是小孩子了。"

母亲说："那我先准备准备。"

春节前夕，秦嘉浩打电话说，他老婆这两天要生了，让母亲赶紧过来。

秦嘉卉对哥哥说："妈出院没多久，身体不好。"

秦嘉浩说："我这边没有办法，你嫂子她不能辞职，要不孩子生下来，我们送到兰州，带到3岁我再接过来。"

秦嘉卉说："这个你还是和妈商量。"

母亲摇摇头:"刚刚生下的孩子不能离开妈妈,还是我过去吧。"

第二天,母亲和小姨、姨夫告别,又和一起跳广场舞的姐妹们告别,母亲告别了三四天,直到嫂子住院待产,秦嘉浩又打电话,她才决定坐第二天下午的飞机去上海。

秦嘉卉关了店,叫了滴滴快车,送母亲到机场。

兰州是中国版图的地理中心,但秦嘉卉一直觉得这里是塞外小城,是西域重镇。去中川机场的路上,沿途山坡上有零零星星的枯草,没有雪,车灯黯淡的光线,反射出土层耀眼的白光。

母亲有点晕车,秦嘉卉只能用说话转移她的注意力。母亲不是第一次去上海,何况秦嘉浩在浦东机场接,她没什么可担心的。

机场高速路两侧干枯的树上,缠着一些粉色的假花,却掩饰不了满目苍凉。候机大厅冷清空旷。

母亲有点依依不舍,她几次欲言又止。

秦嘉卉说:"你记得按时吃药,如果熬不住就让哥哥请保姆,我可以每月给你打点钱。"

母亲说:"放心吧,把你的事儿抓紧,肖默这孩子人好,别错过了。"

秦嘉卉笑笑:"别提这事了。妈,我这辈子就这样了,你不认也得认。"

母亲眼圈红了。秦嘉卉说:"你赶紧进去吧,别误了登机。"

"嘉卉啊,我和你小姨说好了,春节你去她家过年。"

秦嘉卉笑了:"不就是个年吗,我还看店呢!"

母亲笑笑:"我还是不放心啊!"

秦嘉卉递给母亲一个信封,信封里是她取的一万块现金,说:"这是我给未来的侄女的红包。"

母亲攥到手里，眼圈又红了。

回来的路上，辽阔的天空，有一些淡淡的云。秦嘉卉想起自己过去的这十几年，往事历历，如在目前，浮生如寄，死生由命，秦嘉卉不胜感慨，也许一切都是注定的。

12

冬天刺骨的风无孔不入，秦嘉卉为了生意，店门还是半敞开着，挂了透明的塑料帘子，秦嘉卉抱着暖宝，穿着厚厚的棉裤。

小姨偶尔来店里帮一下忙。

母亲到上海的第二天，嫂子就生了，是女孩，秦嘉浩微信发来了小侄女的照片，母亲在电话里说："这孩子像你。"秦嘉卉看着婴儿的照片，激动地流下泪来。秦嘉浩儿女双全，再次验证了他的福气。

小年这天，可昕打来电话。

"嘉卉，我要飞香港，去台湾，看看冬季台北的雨，顺便透透气，反思一下我的前半生。"

秦嘉卉说："去吧，小女孩，把不快乐的事丢进太平洋，把快乐带回来。"

"春节后我就开始相亲了，有亲友给我介绍了几个条件不错的男人，还有单身未婚的。"

秦嘉卉笑着提醒她："这次你可睁大眼睛。"

可昕说："现在的我，嫁妆丰厚，不能随随便便就嫁。对了，你和肖默什么情况？"

秦嘉卉听见肖默的名字，心里就不对了。她急急忙忙说店里来人了，挂了电话。

听小姨说，肖默去深圳了，说是去参加堂弟的婚礼。秦嘉卉听了没有吭声。小姨唠叨着："嘉卉啊，肖默怎么就不可以了？我们看在眼里，他是个好孩子，他爸爸说，前几天，他一直不怎么说话，从店里回来也是倒头就睡，正好，他堂弟结婚，他爸就让他去了。"

秦嘉卉还是不吭声。

一过腊八，店里的生意一天比一天红火。秦嘉卉忙得没有吃饭的时间。小燕和胖丫回家过年了。秦嘉卉关了分店。钱永远挣不够，该休息就休息。

除夕下午5点，秦嘉卉打算关了店，回家去贴春联，包饺子。春节前半个月，秦嘉卉店里又赚了不少。这让秦嘉卉开心不已，一年的辛苦总是有回报的。

一个人过年又不是第一次，她给母亲打电话，说，买了韭黄，晚上包韭黄鸡蛋的饺子，让母亲放心。母亲说："一想到你孤零零的一个人，我就睡不着觉，家里冷清，你去小姨家看春晚吧。"

秦嘉卉呵呵呵地笑着。

"我不觉得冷清，我要好好睡一觉。别煽情了，我要忙了。"秦嘉卉急忙挂了电话。春节对于别人来说是团圆的日子，于她是休息的日子。打开电视，家里暖暖的，自己给自己做顿饭，然后看看电影，睡个安稳觉，比什么都好。

小姨打电话，让她晚上来吃饺子，秦嘉卉婉言谢绝了。

昨天晚上，秦嘉卉去了趟小姨家。小姨的儿子、儿媳妇都来了。家里很热闹，秦嘉卉给小姨包了个1000块的红包，表达自己的谢意。

小姨死活不要。秦嘉卉硬装到了她的口袋里。

"这么多年，我给你和姨夫添了多少麻烦，这只是我的心意。"秦嘉卉笑着说。

秦嘉卉的年货都是在淘宝买的，她没时间逛超市，她也不能提重东西。她在网上买，让快递员直接送到家。她给自己买了红色羊绒大衣，买了加绒的打底裤，买了黑白格子裙，买了红色的围巾，还有雪地靴，给家里买了新的沙发套，买了靠垫，又给自己买了个防滑的拐杖。在门口的菜铺子里买了些菜。年就三天街上没有吃的，初四牛肉面馆开了，秦嘉卉就不愁吃饭了。

下午，天开始下雪，天气寒冷，秦嘉卉关了收银机，心想着，再熬一段，春天就来了，她关了电源，想着带眯眯一起回家，她呼唤着："眯眯，眯眯，我们回家了……"

却不见小猫答应，往常它都趴在柜台后面的暖气旁。秦嘉卉急了，在店里细细地找了一遍，没有。

秦嘉卉估计小猫跑出去了，她关了店，在店门口的花园里喊着："眯眯，眯眯，你在哪？"

雪越来越大，天已经黑了，路上都是行色匆匆赶着回家的人。秦嘉卉的耳边寒风呼啸着，她在便利店前面的花园里，用拐杖一点点地拨拉着花园里的杂草。以前眯眯也跑到这里来过，后来它都回店里了。

秦嘉卉回想不起来，最后一次见到眯眯是什么时候，店里的客人络绎不绝，她根本没有时间去顾及它。

远处偶尔传来鞭炮声，楼上也有小孩子放烟花，五彩的火花，刺溜溜地响几声就灭了。冷不丁又一声炮响，秦嘉卉心里惊了一下，她羽绒服的腰带挂住了树枝。秦嘉卉使劲拽衣服，刺啦，羽绒服扯破了。猝不及防，秦嘉卉滑倒在地上，拐杖也甩了出去。秦嘉卉坐在雪地里，北风呼啸着，她的手不知什么时候被划破。秦嘉卉有点绝望地喊着："眯眯，眯眯，你在哪里？你不可以丢下我。"

秦嘉卉喊着喊着，眼泪就流了下来。

天黑了，路上没有人，家家户户灯火通明，迎接灶神的鞭炮此起彼伏，有人楼上放烟花。此刻，全世界的人都在笑，都在团圆。秦嘉卉看着烟花，鼻尖酸楚，泪眼蒙眬，那破灭的烟花，何尝不是此时落寞的她。

秦嘉卉没有找到眯眯，她相信眯眯一定会回来的，她想着明天天亮再去找。

她失魂落魄地拖着半身的泥来到家门口，楼道里的灯坏了，她在口袋里找了半天，才找到钥匙，在黑暗中，插了几次钥匙，都失败了。她想打开手机手电筒，突然有一束光照过来。

黑暗中传来熟悉的声音："嘉卉，是你吗？"

"你去哪里了？店里也不在，你小姨家也不在，电话也不接……"

秦嘉卉呆呆地站在门口。

是肖默。

他说："我下午从深圳回来，放下包就去店里找你，你不在，又去你小姨家，你也不在，打电话不接，我就给你妈妈打了电话，大家都不知道你在哪！"

秦嘉卉拿着钥匙，慢慢打开门，掏出手机一看，果然有几十个未接电话，有母亲打的，有小姨打的，有一个陌生号码打了二十几遍，可能是肖默的新号码。

"店里太忙，手机我关静音了。"秦嘉卉说。

"我们都担心死了。"肖默说着打开了她家里的灯。

"你怎么来了？"秦嘉卉脱掉了泥外套，她没有扭头看肖默，她不能让他看到她的泪痕。

肖默看到了她手上的血，那么深的伤口，秦嘉卉自己竟然毫无知觉。肖默拉着她去卫生间冲洗。

冰冰的水流过伤口，她说："眯眯不见了，刚才找眯眯，不小心摔倒了。"她努力地克制着自己，眼泪早已涌满了眼眶。

"放心吧，明天我去找找看，家里有酒精或者碘伏吗？"

秦嘉卉指了指电视柜的抽屉。

肖默拿着棉签给她的伤口认真地涂了碘伏，又贴了创可贴。

秦嘉卉嘴唇动了动，却没说出话来。她不敢看肖默，和他半个月没见，仿佛过去半生。她在桌子上的一堆礼盒里翻找着，低着头说："瞧，这是，我给芒果买的新衣服，这几天太忙了，没有给她送过去。"

秦嘉卉递给肖默，抬眼一看，遇上肖默的眼睛，肖默的眼睛湿润着。

"我们永远在一起好不好？"肖默低声说。

秦嘉卉站在厨房门口，抽搐着，无声地落泪，肖默的话撕扯着她的心，是做梦吗？这么多年，她就想一辈子像过去一样心灰意冷地活着。她以为自己看透了世态炎凉人情冷暖。她以为，她像一只刺猬一样包裹着自己，无人可以靠近……

肖默一下慌了，不知道怎么安慰。

肖默说："我们包饺子吧，完了一起去黄河边看烟花……"

秦嘉卉点点头，眼角的泪像断了线的珠子滚下来。肖默靠近她，把她抱在怀里，轻轻拍着她的后背。肖默的脖子里热乎乎的，秦嘉卉的眼泪哗哗地往下流，这一刻，她的心又暖又静，她忘记了曾经的病痛、孤独、绝望，她只想在一个男人的怀里沉睡不复醒……

青　黛

　　一下课，紫苏走下讲台，她有点儿疲倦，没有再看教室里的学生们一眼。平常她离开时会冲他们微笑一下。有些大三的男生们私下里都会喊，最是那一回头的温柔。她喜欢微笑。她不想做那种冷漠的老师，讲台上传道、授业、解惑，台下不相往来，她做不到那么冷漠。

　　走出教室，教学楼前高大的银杏树下有风吹落的叶子，叶片轻薄如同鸟羽，盛夏日光之下，一街的淡绿光影。年龄不饶人，讲了两堂课，她感觉有些疲倦。20多岁的时候，为了准备考博，她可以连续上两天课，这样她会有整整5天看书的时间。她看了看手机，有5个未接来电，是一个陌生的号码，紫苏想了想，她好像没有网上购物，显然这个电话也不可能是无聊的骚扰电话。她回拨了过去，是个北京的号码。

"你好，请问是哪位打的电话？"

"苏苏，是我。"

是青黛的声音，那个声音好像来自另外一个星球。

青黛说她来兰州了。

紫苏有点不敢相信自己的耳朵。多少年了，多少年没有见了？有八年还是九年，紫苏在心里盘算着。

"我终于和你联系上了，听到你的声音，我太激动了。"青黛在电话嚷着。

紫苏呵呵地笑了："您大驾光临，整个金城上空都祥云缭绕了。"

紫苏看着远处的天空，晚霞正红，像燃烧的火焰。

紫苏激动地说："你在哪？晚上想吃什么？"

青黛说："别废话了，快到皇冠酒店来接我。"

紫苏根本没有想到有生之年还会和青黛见面，而且是在兰州和她见面。

紫苏庆幸自己开了车，路上有点堵车，紫苏摁了几下喇叭，这是她第一次堵车的时候摁喇叭。路上两个交警在指挥着，盘旋路和天水路交叉的十字口上，还是陷入了瘫痪。被堵，几乎是在兰州开车都要面对的生活。紫苏被堵在了地下车道里。紫苏平常去学校都选择躲避早晚车流高峰时段。寸步难行的时候，人更容易心力交瘁。地下通道里，车挨着车，像一条缓慢爬行的蚯蚓。

出了地下道，紫苏摇下车窗，望着人行道上自由行走的人，路上有劳累一天、行色匆匆的行人；步履蹒跚、满脸皱纹的老人；喜气洋洋、不识愁滋味的孩子，还有将疲惫写在脸上的街边小贩。拥堵的小城，开车出门是个沉重的负担。

紫苏必须回家先去换一下衣服，然后再去酒店。这么多年没有见青黛，她想着还是隆重一点。空调的凉风，吹醒了紫苏有点昏涨的脑壳。

记忆在时光里沉浮，她努力地回想着青黛的样子。瘦高的个子、高高的马尾、漆黑的瞳孔里不可测的深度、永远微笑的嘴角。

15年前，在文科补习班，紫苏认识了青黛。

高考前一天，优秀生紫苏由于过度紧张，又来了大姨妈，在人生最关键的三天时间里，紫苏夜夜失眠，精神萎靡，进了考场脑袋一片空白，高考成绩出来后，原本可以上一本的紫苏，只能读大专，紫苏的绝望铺天盖地，她把自己锁在屋子里，不吃不喝，她不甘心去读她不喜欢的大学。最后，她用哭红的眼睛，对家人大声宣布："我要复读。"紫苏的父亲表示支持的同时，他们做出了一个惊人的决定，让紫苏去私立复读学校复读，这样紫苏可以离开旧的环境，不用面对曾经对她满怀希望的老师，不会影响她的情绪。

在兰州郊区的一所寄宿制复读学校，紫苏认识了她的同桌青黛。青黛的生活却相对轻松许多，她高考失利是她涂错了答题卡。她原本成绩优异。紫苏的父亲是中医，青黛的父亲也是中医。紫苏和青黛两个名字都取自中药名。紫苏的梦想是去上海读大学。青黛也想去上海。在暗无天日的高三补习班里，青黛就是紫苏的一根救命稻草。她无法呼吸的时候，青黛就伸出她的手，紧紧地抓住她，让她可以呼吸，让她没有忘记大学。

复读班的生活，紫苏把她的生物钟调成了"夙兴夜寐"，她的表情也是心无旁骛。

清晨，她们经常背靠背坐在大树下一起背英文单词，晚自习后，她们俩会去操场上奋力地奔跑，然后手拉手去校门口的三哥土豆片店里吃几串烤羊肉和烤土豆片。

青 黛

如今，物是人非，那所复读学校已经不复存在，早已被高档楼盘取代，那里也没有了萨达姆牛肉面、三哥土豆片、鸿运麻辣烫，每次路过，看着一座座崭新的建筑，想起曾经光影重叠的弄巷，唯有一些斩不断的缅怀……

书山题海的日子，也有放松的时候。比如，紫苏生日，青黛给紫苏化了十分惊艳的浓妆；比如青黛那时候有个男友偶尔来信，青黛总让紫苏看。从没有收到过情书的紫苏，看得脸红心跳。青黛总喜欢把马尾梳得高高的，她总是大惊小怪，说话喜欢语不惊人死不休。青黛到哪里，哪里就有笑声。

而紫苏却可以看到她眼底隐隐的悲伤。紫苏从来不问，她只是陪她没心没肺地笑，一起读她男朋友的情书，做题累得不想吃饭，不想说话的时候，她们会默默地绕着小篮球场走一圈，然后去吃麻辣烫，或者烧烤。冬天下雪的日子，她们常常在一盏昏黄的灯光下，靠着暖气，一起背诵英语，常常到深夜。学习累了，两个人并肩而坐，一个不停地说，一个静静地听。说的，声音时高时低，语调时缓时疾；听的，有时三心二意，有时聚精会神。

暗无天日的生活，严重缺乏睡眠，青黛犯困，紫苏总是轻轻摇醒她。紫苏犯困，青黛却放任不管，美其名曰，给她思考的时间。紫苏醒来时，反倒不能怪罪。

紫苏很欣赏青黛，青黛思维活跃，充满活力，她喜欢唱歌，她幽默，她人见人爱，紫苏说："如果你是个男生，我一定会爱上你。"

青黛说："嘿，你一定要尊重自己的取向！"

说完两个人哈哈大笑。

紫苏安静，用青黛的话说，她是古代大户人家知书达理的小姐。

在补习班，一天夜里，青黛突然神色慌张，衣衫不整地跑回宿舍。第二天校园里便传开了，说有男生对某女生图谋不轨，被某女生用砖拍了脑袋。

但是没有人知道这个女生是谁，那个男孩儿生怕事情闹大，第二天悄悄请假回家了。只有紫苏知道，那个女生是青黛。青黛去上卫生间，平常她们总是一起去，卫生间在操场一角，离教学楼有些距离。平常都是她们结伴去，那天紫苏正在做卷子，青黛就一个人去了。青黛去了好久，紫苏才发现青黛不在。紫苏以为青黛回了宿舍，去宿舍找她，刚一进去，青黛就跑了进来。青黛有点儿发抖。紫苏追问怎么了。

青黛说：一个平常没有注意到的男生，刚刚向她表白，还要把她拽到树林里去。

紫苏说："我们去找校领导。"

青黛摇摇头。

"还是不要声张的好，快高考了，再说，他没占到便宜。我可能打破了他的头。"

青黛手上沾着血。

紫苏急忙关了门，给她用水冲洗干净。

高考结束后，紫苏和青黛来填志愿。在离开学校的路上，班里的一个男生一直跟着她们。

青黛突然转身，那个男生说："请给我一分钟。"

"你说吧。"

"我只想说声对不起。我是真的喜欢你……你没有给学校反映，我一辈子感谢你……"男生说完低下头。

青黛说："别让我再看见你……"

高考通知书下来了，紫苏如愿考到了复旦大学中文系，紫苏第一时间打电话告诉青黛。

青黛说:"我被南京大学外国语学院录取了。以后我们就见不到了。"

青黛说完,呜呜地哭了。那是紫苏第一次听到青黛哭。紫苏听到最多的是青黛的笑声。

这么多年,繁忙的现实生活常常压得人喘不过气,紫苏以为自己忘记了很多人很多事,却会在某个不经意间,在孤独寂寞的时刻,在夜色阑珊、静谧无声的时候,经常会想起青黛的笑声。青黛的笑声,就像平静湖面被风吹皱的波纹,那样肆无忌惮地荡漾,连凝结的空气都能瞬间欢畅起来。

紫苏知道,一天到晚乐呵呵的青黛,其实只是把痛放在了心里。青黛是个有故事的人。青黛没有妈妈,和外婆一起生活,她和她的中医父亲老死不相往来。

紫苏推开门,这是她离婚后,自己贷款买的房子,小区在北山脚下,远离尘嚣,环境幽静,周末她常常会登后面的山。

离婚两年,很明确自己要什么,喜欢什么样的生活。她只想穿着舒服,有条不紊地工作,简简单单地活着。房子的装修是极简风格。东西很少,只有一排书架墙、一张书桌、一把椅子,没有沙发,阳台上养了许多花草。有四季开放的非洲紫罗兰,有悠然独立的兰花,也有很多高大的植物,像巴西木、竹子。她还在花盆里种植了奶油草莓、小番茄。衣帽间很大,她的衣服全部可以挂起来。她没有买床,夜里睡在榻榻米上。父母来了睡地上起初不习惯,住了一段,觉得腰很舒服,就不再说什么了。

35岁,人生已过小半,紫苏渐渐看明白了一些人和事。尤其经历了离散,父亲的病痛,她觉得活得不委屈自己,内心自由,有自己的思想，经济独立，这是作为女性最重要的事。大多数人工作一天，疲倦地回到家里，享受简单的天伦之乐，他们都像向日葵一样活着，跟随着太阳的光，按部就班地生活。紫苏却活得像空谷幽兰，独自在山风中自由自在地摇曳着。

紫苏换了衣服，化了淡妆，赶到酒店，落日西沉，7点多了。她站在酒店大厅，看着青黛从电梯里走出来，看到青黛穿着白色的套装，很干练地走过来。紫苏眼眶突然一热。

这个眼神澄净、爽爽朗朗的职业女性，哪里是她一直想念的青黛？

青黛一眼看到了她，她张开双臂，朝她扑来。两个人紧紧拥抱。久别重逢，说话都有点儿语无伦次。她们走出酒店，去了停车场。本来有很多话想说，只顾着握对方的手，开心地笑，想说的太多了，不知道该从哪儿开始，只有不停地笑，不停地流泪。

上了车，紫苏打开车窗，天已经黑了。

"夏天的兰州真是避暑胜地。"青黛感叹着。

"是啊，当年回来，就是因为这里的夏天，不然就留到上海了。"紫苏说。

车子发动前，青黛感叹着："还是一样的兰州、一样的街道、一样的夏天、一样的紫苏。"

紫苏笑了笑，调侃着："紫苏早就不是那个紫苏了。"

青黛叹惜了一下，说："青黛也不是那个青黛了。"

"过去的紫苏，骄傲、胆怯、怕黑、喜欢胡思乱想，从来只敢默默流泪，却从来没有放声痛哭过……"

紫苏说。

"过去的青黛，叛逆、不安分、喜欢冒险、喜欢游戏人间，心里有恨却假装不在乎。"

青黛说。

两人说完，又紧紧拥抱在一起。

这么多年，时光变幻，物是人非，唯有她们的身材依然保持着过去的影子。

"先说好，今天晚上去我家里住啊！"紫苏说。

青黛说："求之不得，不过我怕你们邻居抗议，给你造成不可挽回的影响。"

"你呀，嘴还是那么贫。"

青黛说："你知道吗？这么多年，我梦里都想吃那家烤肉店的烧烤，不知道还在不在？"

"那里早就变成高档住宅小区了，补习学校也没有了。"

"真是物是人非。可是我在法国的时候，经常都会梦见三哥土豆片，还有萨达姆牛肉面。"青黛笑呵呵地说。笑声如凉风般清澈，紫苏回头看到了她眼角的欢乐波纹。

紫苏也长了皱纹，这是岁月的洗礼，没有人能幸免。

拿到通知书的那天，紫苏和青黛参加同学聚会，大家喝得大醉，喝得从笑变成哭，后来一群人去KTV唱歌，半醉半醒的一群人，一起唱《水手》："他说风雨中，这点痛算什么……"紫苏永远也忘不了那一晚，回到宿舍，带着醉意的两个人，挤在一张单人床上，说了一夜的悄悄话，记得青黛说，真想一辈子和你在一起。她们约定无论将来身在何处，她们永远要和对方保持联系。

紫苏带青黛来到正宁路美食街。

青黛想吃的，都在那里。

下车后，紫苏说："这个荒凉得可以足不出户的城市，真不知道拿什么招待你？"

"得了，在美食云集的地方，别身在福中不知福。先说好，明天带我去吃正宗的牛肉拉面啊！"

她们吃了最正宗的烤肉，喝了上了央视报道过的牛奶鸡蛋醪糟，吃了凉皮，吃了烤面筋，又吃了一份麻辣烫。

她们边吃边细数毕业后的几次会面。大学里，紫苏每次见青黛都会问："你是不是又恋爱了？"

青黛总会说："不谈几次恋爱的女大学生不是好孩子。"

说完，两个人哈哈大笑。紫苏大学里却没有恋爱，她一直在准备考研的事。她觉得谈没有结果的恋爱是浪费时间。她从小就太理性。青黛却不同，她们一个在上海，一个在南京，但距离阻挡不了她们的友谊。

大一那年暑假，紫苏和青黛都没有回家，两个人相约去了一趟苏州，在苏州的小旅馆住了半个月，游遍了苏州的大街小巷。

大二那年，青黛来上海，紫苏陪她去外滩。那一年，青黛的外婆去世，青黛奔丧回来，直接到上海找紫苏，紫苏去火车站接她，她人整整瘦了一圈，眼睛略微浮肿，背着一个大大的黑色行囊，她抱着紫苏放声痛哭，喊着"再也没有人爱我了"。

大三那年，紫苏接到青黛的电话，她周末急匆匆地赶过去，陪青黛堕胎。青黛爱上了一个画家。紫苏陪青黛做过两次人流，青黛都没有打麻药，每次做完，她陪她在小旅馆住一周，照顾她，青黛的男朋友却很少露面。

大四那年7月，青黛告诉她，她要出国了。

最后一次见面，紫苏准备考研，青黛来找她，她们一起吃了饭，她送青黛去车站，一路上，两个人都很沉默。分别的时候，紫苏问：

"你还回来吗？"

青黛说："肯定会回来。"

"等我有钱了，我就去法国看你。"

"好，那我陪你游遍欧洲。"青黛眼圈红了。

青黛到了法国，时差的关系，她们通电话的次数不多。有一次，青黛半夜打来电话："紫苏，我喝醉了，我想家了，我想我外婆，我想你……"

"开始的两年还有消息，后来就失去了音讯。"紫苏说，"我一直等啊等，等你回国，等你联系我。"

喝了几杯酒，青黛把头靠在她的肩膀上，轻声说："我离家多年，感觉一直飘在天上，每次见到你，会有一种落地的感觉。"

青黛又说："真没有想到 10 年后的自己是这样的，我们分别的时候，对一切充满期待和迷茫。"

紫苏说："如今我可能要孤独终老了。那时候我们一直努力，更害怕自己平庸一生，如今却坦然接受平庸。"

青黛握了握紫苏的手，两个人把杯中的红酒一饮而尽。

"青黛，讲讲法国的事吧，你为什么不再和我保持联系？"

"我跟着那个画家一起去了法国，3 年后分了手。我一开始爱上的是他潇洒不羁的艺术气质，但是他从来没有画出过好作品。后来我终于明白他为什么画不好画了，他太功利，表面是个画家，骨子里却势利、懦弱、自私，他会为了参加画展行贿那些评委，实在让人无法忍受。

他还好色，在法国更加肆无忌惮，让我失望透顶。那时候，我们都很穷，租的房子很小，我的经济要比他的好一点儿，上学之余，我在中餐馆做兼职，周末还兼职导游、翻译，他抽烟喝酒，背着我泡妞，我心想，我上辈子欠他什么了，那时候我早已不爱他，他也早就不爱我了。我们就分手了。分手后，彼此再也没有见过，也没有了任何消息。当时我身体很不好，有一次，晕倒在街头，醒来，我的笔记本电脑、手机、钱包，全部丢了，断了和国内的一切联系，包括你的手机号码、你的信息。后来我试图在QQ上联你，却始终没有你的回音。"

紫苏说："我的QQ号码被盗。我也联系不上你，打你的手机也打不通，给你写过几封信，都石沉大海。"

青黛说："前段时间，我整理东西的时候，在一个笔记本上，发现了你的号码，还有你家里的。那个旧号码打不通，我打到你家里，是你母亲接的电话，是她告诉了我你的电话。"

紫苏点点头，她听母亲说起过这件事，但是母亲忘记了青黛的名字。

"后来，我勉强获得了研究生学历，租了间小小的公寓，找到了一份安稳的工作，舅舅让我回来，我拒绝了，外婆去世之后，我就没有了家，没有了一切。我回来也没有意义。我决定留在法国，也谈过几次不咸不淡的恋爱，都无疾而终。后来，生活稳定下来，我就辞了职，找了两份兼职工作，也帮人做代购，生活还算安稳。一有空闲，我就去欧洲各地旅行。偶尔接一些翻译的活儿，你可能不知道，我翻译过法国的小说、绘本，还有合同……不过文学作品很少，主要是一些商业资料。偶尔也陪中国的企业同法国企业谈生意……"

"真是没有想到，青黛会成为翻译家。"

"千万别提'家'，我是混口饭吃。在法国活着其实压力很大的。哪像你，堂堂一流大学法学院最年轻有为的教授。"青黛笑着恭维。

青 黛

青黛打开手机，翻出了一张照片，给紫苏看："这是我的女儿，她叫静好，刚满两岁。"照片上的静好，清澈的大眼睛，甜甜的酒窝，粉嫩嫩的小女孩儿，简直是青黛的再版。还有一张照片，是青黛穿着碎花长裙，抱着婴儿时期的静好，站在花园里，身后是花团锦簇的玫瑰，青黛的脸上露出温柔的笑容。

"好美的女孩儿，青黛，你都当妈妈了，真为你高兴。"紫苏感慨地望着青黛。

"这个孩子，是个意外。如果没有她，我可能早已不在人世了。和那个画家分手后，我患了轻微抑郁症，一直接受药物治疗。是这个意外的孩子，让我有勇气面对一切。在法国多年，我始终都在游荡，异国他乡，始终没有依靠。对我来说，巴黎是座孤寂的城市，直到这个孩子出生，我才觉得自己有家了。

"孩子的父亲是个开中餐厅的老板，比我大10岁，姓江，他开的餐厅有家乡的味道，是我最喜欢吃的一家餐厅，每次我过生日，或者外婆的生日、忌日，我都去那里吃饭。我每次去，点两个菜，一碗米饭，江经常会给我亲自送来一碗汤。江一直单身，他微胖，有温和的笑容。客人少的时候，他会陪我聊聊天。他眼神明亮，喜欢养开花的植物，餐厅的窗台上摆着很多花。但我们从来没有留过联系方式。我总是一个人去，显得有点儿形单影只，江总是会过来和我打个招呼。他会告诉我春节要回国看望父母，他在法国读完研究生，做了两年公司高管，后来辞职了。他用所有的积蓄在塞纳河边开了餐厅，当时也算孤注一掷。我当时对他的了解就这么多。他的父亲是西安人，母亲是南京人。有一次他告诉我，他在巴黎的郊外买了一栋别墅，想接父母来巴黎住一段。我当时由衷地为他高兴。每次见面，也许是他乡遇故知，他总和我说很多话，我经常听他讲，很少谈自己的事。那时候,我颠沛流离太久,很久没有恋爱,对男人没有任何感觉。有时候,我会接一些翻译的活儿,一连几天都不出门,没日没夜地给客户翻译枯燥的合同。也不和人说话。我就像一艘在大海里失去航线的船,随时会被巨浪打翻,沉入海底。

"3年前,我外婆的忌日。我很想念她。又去那里吃饭,我喝光了一瓶红酒。我边喝酒,边默默流泪,外面下着雨,餐厅人很少。后来我醉了,天黑了,我隐约间记得他走过来,问我住在哪里,我说不清楚。

"那天,是他一直在照顾我。第二天醒来,我一看,我竟然酒后乱性了,身边躺着江。我隐约记起发生的一切,是我主动亲吻他,是我主动拥抱他。除了离开,我不知道该说什么。都是成年人。我轻轻起身,悄悄离开。半个月后,我发现自己怀孕了。我去私人诊所准备打掉孩子。在路上,我突然想留下这个孩子,孩子,也许是外婆送给我的礼物。我做过几次流产手术,这可能是我唯一做母亲的机会了。一个月后,我又去了那家餐厅。江见到我,说他一直在找我,他后悔没有留下我的电话。我就告诉他:'我对你一无所知,但是,我怀孕了,我想生下这个孩子。只是想告诉你,这事和你无关,你不需要负责。只是,觉得你有权利知道这件事。'

"我说完这句话,竟然没有控制好自己,流泪了。

"江一听,紧紧地抱住了我。他说:'嫁给我吧。'

"我不知道自己那天喝醉后对他说了什么。但是,他好像知道我的所有故事。

"怀孕三个月后,我们举行了西式婚礼。第二年春天,女儿出生了。我们一开始并没有爱情,是这个孩子给了我们一个家。我和江是那种相依为命的相爱。我这艘漂泊的小船,终于在一个港湾停靠下来。"

"听起来美好得就像童话故事。"紫苏说。

青黛说:"是啊,大家都觉得我在说童话故事。我不知道自己是不是个好母亲,但是我给了静好一个温暖的家,有爱她的父亲,她的父母从不争吵,她的世界充满爱。"

凌晨时分,天气清凉下来。她们回到了紫苏的房子。在车上,紫苏已经告诉了青黛自己离婚的事情,她的婚姻平静地开始,离婚的时候,已经分居太久,两个异地分居多年的夫妻,无爱无性多年,分手时没有歇斯底里,没有怨恨,竟然平静地互相祝福。

紫苏泡了伯爵茶。她们坐在落地窗户边。

青黛说:"你们结婚多年,一直分居两地,即便有爱也被距离消解殆尽了。"

紫苏点点头:"其实,这么多年,我从来没有认真、严肃而热烈地爱过他。我一直在考博士,读博士,准备论文。他和我一样,我在上海,他在北京,他博士毕业,没有选择来兰州,我就知道了答案,我们该结束这段如死水一样的婚姻。决定离婚的前两年,我们拨通对方电话时,常常无话可说。我不想念他,他也从不想念我。我为何还要维系下去?我一直经济独立,他也一样。这样触摸不到的婚姻,我竟然过了8年。离婚后,觉得自己特别失败,常常站在黄河边,很想纵身一跃,从此不再痛苦。只是这两年,父母多病,他们需要我,时间渐渐让我忘记了许多痛苦。婚姻对女人的伤害是巨大的,为什么我会遭遇这样的不幸?我常常一遍遍问自己。"

青黛说:"这是我小时候就开始问的问题。我也抱怨过命运不公。但是一切都过去了,不是吗?"

"和不对的人在一起,一开始就是错的。"紫苏说。

青黛要去洗澡。紫苏拿出自己的丝质新睡衣。紫苏说,"这件睡衣,你要穿到巴黎去,给你的江看看。"青黛笑着走进卫生间。

青黛洗完澡,躺在沙发上,紫苏去洗澡。她们熟悉得就像昨天刚刚分别。

紫苏一出洗手间,就听见手机在响。

青黛说:"有个宗先生,一直给你打电话。"

紫苏笑了笑。她拿起电话对着电话说:"刚刚在洗澡,我的好朋友从国外来了,没有顾上回你的信息。"

简单的几句话,就挂了电话。

卸了妆的青黛,头发湿漉漉地凑过来,眯着眼睛问:"这个宗先生是谁,如实招来。"

"一个追求者。"紫苏说。

"你爱他吗?"

"还不确定,这一次,我不着急进入婚姻,我想确定我找的人是否爱我,我是否爱他,我们是否可以一直走下去。"

她们彻夜长谈,直到天色微亮,才沉沉睡去。多年未见,想说的实在太多。

第二天清晨,紫苏陪青黛去给她的外婆和母亲扫墓。青黛晚上要飞回北京,第二天回法国,时间紧张。青黛买了两束花:一束百合、一束郁金香,她说听外婆说,母亲喜欢百合。青黛又买了一些纸钱,她说,过去她不相信人有来世,如今她相信人各有命,人有来生。开车到了墓地,青黛点了一支烟给外婆,把花分别放在了她们的墓碑前。

"外婆很不容易,我母亲在我3岁的时候去世,她既要承受白发人送黑发人的痛苦,还要养育我,又要承受各种流言蜚语,她后来一直抽烟，经常独自垂泪。看到我，会背过身去，擦干眼泪，她一直说我母亲是生病去世的，直到临终前，才告诉我真相。"

烟在微风中缓缓升起。

青黛拿出手帕，擦拭了墓碑上的灰尘。默默地在墓前坐了一会儿。拿出手机，翻出照片，对着墓碑说："外婆，我做母亲了，我会像您爱我一样爱她，你说过，生活太苦了，要多笑才能赶跑那些倒霉的事，所以我还是和过去一样，喜欢笑。"

青黛说着哽咽起来，抽泣着泪如雨下。

紫苏静静地陪着她，她现在一点儿也不担心眼前瘦弱而悲伤的青黛。

墓地在皋兰山上，青黛看着远方说："很小的时候，每年春天，外婆、舅舅带着我来给母亲扫墓，山桃花正开着，阳光透过松针的缝隙照射下来。我嬉戏玩耍，根本不知道悲伤，尽管是去给母亲扫墓，我脸上还是有笑容，现在想想，那些都是外婆给我的爱。"

下山的时候，青黛的手机响了，是江打来的电话，询问了很多兰州的事，青黛又和女儿说了几句话，让女儿在电话里喊紫苏阿姨，蜜糖般的声音暖暖的，流进紫苏的耳朵。

"紫苏阿姨好。"

紫苏说："静好，阿姨一定去看你，阿姨去了给你带很多好吃的。你要乖乖的……"

接完电话，时间尚早，青黛和她的团队打了电话，说了一下下午的行程，她说法语的表情很像电影里的苏菲·玛索。

紫苏要带她去吃萨达姆牛肉面，青黛突然停下来，认真地说："陪我去看看他吧！"

紫苏知道，青黛说的是她父亲。

青黛在附近超市买了两瓶茅台，她说："我已经有15年没有见他了，自从外婆去世后，我就再没有见过他，也没有和他联系过。最后一次见面是在外婆的葬礼上。我上大学的费用是外婆的工资，外婆去世后，本来要把她的房子留给我，我拒绝了。外婆有两套房子，我说全部给舅舅吧，后来我就出国了，我申请到了奖学金。"

青黛和紫苏来到了一处中医诊所，诊所的门开着。有很多病人在排队。青黛走进去，看着一个正在把脉的和蔼可亲的白发男人，眉眼间神似青黛。老中医一眼认出了他的女儿。他颤巍巍地站了起来，激动地说："你们先去里面坐，我看完这个病人就来。"

小小诊所里挂满了"悬壶济世、妙手回春、华佗再世"的锦旗。

青黛冲紫苏一笑："他是外人眼里的活菩萨，却是我的噩梦。我3岁的时候，母亲自杀，外界传说是他逼的，没有人告诉我真相，他很快就娶了别的女人，生了儿子。我6岁的时候，外婆想把我送回来，他家附近有好的学校。我见到微笑的继母，她挺着大肚子，当着我外婆的面给我拿来很多糖果，慈眉善目地拉着我的手。在他们家，我只住了半个月，就重新回到了外婆身边，那简直是噩梦，继母给我喝很烫的开水，使劲地掐拧着我的胳膊，我一哭，就威胁我，要把我扔进黄河。在我父亲面前，她却给我夹菜，摸我的小脸，我吓得一动不动。三天后，外婆不放心，来看我，我一下子抱住了外婆，死死地不松手。外婆一看我身上的伤，什么都没说，就抱着我离开了。从此我再也没有见过那个女人。在楼道里，我们碰见了他，我哭着说，爸爸再见。后来他偶尔来看我，每次都匆匆来，匆匆去，外婆说，他是背着那个女人来的。"

老中医进来了。

"今天病人太多了。你们吃饭了吗？我们去吃饭吧，边吃边说。"

青 黛

他们去了附近的餐馆。包厢很安静，大家话不多。老中医夹菜的手有些颤抖。青黛给他看了静好的照片，老中医瞬间流泪了。

"孩子，这些年你都好吗？"

青黛笑了笑，她话很少。紫苏握了握青黛的手，青黛点点头。

老中医说："我一会儿喊你弟弟过来，你的继母几年前得乳腺癌去世了。"

青黛说："时间紧张，下次再见他吧。我这次回国，就是给外婆扫墓，顺便来看看你。"

老中医点点头。

"孩子，这些年，你受苦了，爸爸对不起你。你那么小，就没有了妈妈，没有了家，我对不起你。这么多年，我虽然给人看病，可心里从来没有轻松过，一想到你，那么小，心里有那么多的恨，我就觉得自己罪孽深重。我们大人之间的恩怨，却让你受了这么多的伤害。"

老中医说："当年，我们太年轻，你3岁那年，你母亲在外面培训，我怀疑她和另外一个男人有暧昧，当时我太爱她了，怕失去她，为此我和她天天吵架，她为了证明自己的忠贞，竟然喝药自杀了。你母亲当时在十分冲动的情况下，写了一句遗言，我是清白的。她是个刚烈的女子。如果当时我不怀疑她，她就不可能自杀。她是个狠心人，而我更是个混蛋。我们都对不起你。后来我再婚，也请你理解，生活还是要过下去的。只是我没有想到你继母她那样对你……你上大学后，我偷偷给过你外婆钱，我知道，她供你读书不容易，我没让她告诉你。"

青黛说："这些事我早就知道了，外婆去世的时候告诉我了，她让我不要恨你。"

老中医哭出了声："孩子，原谅爸爸，原谅爸爸没有养育你，原谅我的懦弱，你继母那样对你，我不能再接你回家，我怕你受到伤害，我不想再成为别人的笑柄，我没有勇气离婚，请你原谅我……你出国后，没有了任何消息，我从你舅舅那里知道了你的电话，打过几次，都是空号，我不知道你过得怎么样，我常常觉得自己罪孽深重，此生对不起你母亲，更对不起你……"

青黛淡淡地说："一切都过去了，你要保重身体。"

点了一桌菜，离开的时候，还是一桌菜。青黛要赶飞机，她匆匆和她父亲告别。老中医拿出了一张卡，硬塞到青黛手里，这个卡里的钱是我给你出嫁准备的，现在，你把她带给我的外孙女。卡的密码是你的生日。

青黛死活不收。

老中医说："难道，你要我给你下跪吗，孩子？"

紫苏替青黛接过了卡。

老中医哽咽着说："孩子，下次带静好来看我，血浓于水，我们是永远的亲人！"

青黛点点头："我替孩子谢谢你。"说完拉着紫苏就走。紫苏看着泪流满面的她，不知如何是好。

"有空给我打个电话，孩子。"老中医追到出租车跟前。

青黛忍不住放声痛哭，她让司机开车。

紫苏透过车玻璃，对老中医说："叔叔，您要保重身体，下次，青黛会带孩子来看您。"

老中医挥挥手。

紫苏满含泪水地轻轻握住了青黛的手。她手腕上的那个疤痕被一串菩提珠子覆盖着。那是她的继母用开水烫的一个疤。这么多年过去，青黛早已忘记了许多事，只是那个伤口却赫然在目。

告别的时候，紫苏一定要去机场送青黛，机场大厅里，她们紧紧拥抱，青黛在她耳边说："我在法国等你，希望我的等待不会太久。"

紫苏笑了笑，落下眼泪："我一定会去法国看你们，我相信你还会回来的。"

青黛点点头。走进安检口，青黛转身，眨眨眼，笑着对紫苏说："海内存知己，天涯若比邻。"

紫苏看着她消失在人头攒动的安检大厅，心里想着她们下次见面不知道是何年何月……

雨天戴墨镜的女人

潇扬把车开出地下车库,头就大了,雨下得比他想象的要凶猛。中午吃饭的时候还是阳光灿烂的,下午就乌云遮天,这鬼天气越来越没谱儿了。

一下雨,必然堵车,果然,潇扬的车一开到街上,眼前就出现了车水马龙。不是瓢泼大雨,瓢泼大雨来得急,去得痛快。往往大雨过后就是晴天。今天这雨看样子一时半会儿停不了。雨势越来越大。大街上挤满了下班的人,地上水流成河,公司前面盛开的月季在风雨中瞬间成为名副其实的残花。

顾客在等,不能不去。潇扬后悔在车库里接了单,更后悔的是接了一位女乘客的单。女顾客的心情,他无法把握,说不定他一取消,立刻会给他一个差评。上周一个中午,他接了一个单,好不容易找到了女顾客说的地点,一上车,女顾客便问他借充电宝,他们还谈了谈天气和牛肉面涨价的事儿，下车的时候，不知道为什么那女的竟然给他一个差评。害得他又掉头追过去，和那女的吵了半天，好不容易才让她取消了差评。滴滴快车司机最怕差评，一个差评会影响后面的单子。潇扬不想成为乘客眼里的坏司机。女顾客说给差评的原因是她心情不好，看见什么都不舒服。潇扬气得半天说不出话，你心情不好，就要否定全世界吗？

潇扬开车的时候，一般不想心事，不是他没有心事可想，是他不愿意去想，何况开车要精神高度集中。不过潇扬开车的时候，喜欢跟着音乐哼哼，那样的感觉很放松。潇扬从不强迫自己，30岁的他，已经懂得了"随缘"二字。他决不强迫自己去做不切实际的事，也不想委屈自己，他对自己的人生规划很简单，就是老婆孩子热炕头那种朴素的生活图景。对于工作，他只当是养家糊口的职业，他从来没想过事业。梦想也有，但那是18岁的他曾经憧憬过的事。母亲死后，他年少时的豪言壮志，像蝉蜕一样一层层地蜕去，只剩下一具"小国寡民"的肉身。他在日记本里写下一句话：我必须要接受生命中不能如愿以偿的事。其实潇扬的工作也不错，在一个国有企业上班，如今干到中层。他前期的所有积蓄都用来买房子了，剩下的一点钱，都用来投资股票，没想到一进股市连结婚的钱都套里面了。生活压力大，每月的工资扣除房贷、车贷就月光了。如今世界经济不景气，股票一时不能解套，他不知道如何结婚。

没办法，潇扬想到了下班捎个乘客，挣个油钱，反正顺路，何乐而不为呢？

白天，潇扬是公司白领，下班后便成了滴滴司机。当初他申请滴滴司机的初衷是顺路捎几个人，从公司到家，他要穿过半个兰州城。黄河穿兰州城而过，把南、北两岸划出了一条分明的河界，潇扬在繁华的高楼林立的黄河南岸上班,却住在地广人稀的黄河北岸,每天回家他都会穿过黄河。潇扬喜欢站在桥上,呆呆地望着河水从笔直舒展的河床上平缓欢畅地流过。开心时他会放声大笑,失意时他会在河边抽一支烟,他觉得,黄河是最懂他的。

下班时,他接了一个单。他得赶过去接那位乘客,手机显示是位女乘客。其实潇扬喜欢接男乘客,不是他对女人抱有偏见,是他载过的女人,总是非常乏味,她们上车后,要么涂脂抹粉,要么一声不吭玩手机,要么是和谁打电话,很少有女顾客和他聊点什么。

潇扬喜欢和人聊天,随便聊什么都可以。国际局势变幻莫测,明星恋情扑朔迷离,杀人抢劫有望告破,或者会说阳光、空气和水,总之,这个世界可聊的事儿太多了。潇扬载过很多有意思的乘客,一个中年男乘客坐在车上,看到一个药店,就让他等一下,他去买个药,回来后潇扬看到男人手里的万艾可,男人笑笑,自嘲着说:"身子大不如从前了。"潇扬也跟着笑,他如今是正好的年纪,是不能懂得中年人的烦恼的。还有个女人让潇扬印象深刻,她坐在车上,不停地打电话,和老公三言两语,和另外一个男人,好像有说不完的话。潇扬想,人心如海,女人都渴望有两个男人,一个遮风避雨,一个卿卿我我。潇扬还拉过一个吸毒的男人,那天赶上大堵车,那家伙毒瘾犯了,突然哈欠鼻涕连天,没到目的地,就匆忙下了车。潇扬对待自己的乘客总是表现出极大的热情与健谈,其实白天在公司他是个沉默寡言的人。下班后,积攒了一天的压力,他想通过聊天释放出来。他喜欢和乘客们聊吃喝,聊生死,聊天气,乘客们对社会、对人生、对生活、对时间、对金钱的看法,让他受益匪浅。那些吐槽、那些玩笑、那些段子,给潇扬无聊的堵车生活带来了很多乐趣。

潇扬给女乘客打了电话，问了她具体的位置，并且和她解释，因为下雨，可能会晚几分钟。女乘客说了声好，她的声音很轻很小，像一只刚刚睡醒的蚊子，没精打采的。他费了很大的力气，才弄明白，她在五里铺附近的一个巷子里，距他直线距离不到三公里，赶过去恐怕要四五公里了。乘客没有说去哪里。潇扬心里祈祷着，希望是他家的方向，这样顺路，他就能吃上可馨的饭了。可馨不知道他跑滴滴快车的事。

可馨是他的女朋友。想到可馨，潇扬不由地笑了。可馨是潇扬的第二个女朋友，潇扬上大学的时候喜欢过一个女孩，他们的爱情从大二持续到大四，毕业的那个夏天，潇扬用勤工俭学的钱给女友买了个黄金戒指，他那时候，不知道什么是爱情，只是觉得，他们天天在一起，就应该永远在一起，他打算求婚，结果，那女孩告诉他，她马上出国。潇扬为此失落沮丧过一段儿。直到工作后一年，在一个聚会上遇到可馨。他和可馨一见如故，可馨充满了青春活力，是那种没有一点儿心机的女孩，她总是瞪着一双蒙眬的大眼睛，崇拜地看着他。潇扬喜欢她的傻样儿，甚至她脖子上淡淡的绒毛都令他着迷，如今那只戒指戴在可馨的手上。

潇扬好不容易导航到指定的地方，远远地就看见一个穿白裙子的女人，戴着墨镜，站在巷子口，她没有打伞，雨滴大颗大颗地打在她身上。她像一座雕像般站在雨中，很平静地看着一个前方不知道的地方，全然没有被雨淋湿后的恐慌。她身旁的柳树，在昏暗的天色下，随风雨摇动，树叶四处飞舞。

潇扬有些轻微的不安，下意识地看了看女人的周围，她周围连个人影子也没有。潇扬按了一下喇叭。女人听到声音，辨认了一下车牌号，很快朝他走来。

女人上车后,没有摘掉墨镜。她的长发滴着水,她浑身上下都滴着水,湿漉漉的,白裙子湿透了,紧贴在皮肤上,显出了她纤瘦的身材。尽管墨镜遮住了半边脸,但能依稀看到她脸颊苍白,她手里的布包也全湿了,她一定是在雨中站了很久。

街上,雨声夹杂着各种声响此起彼伏,女人上车时,犹豫了一下,坐在了副驾上。潇扬冲她点点头,本来想立刻启动车子,又于心不忍,拿出了一块毛巾,让她擦擦头发。

"擦擦吧,不然要感冒了。"

"不好意思,弄湿了你的车子。"

潇扬看到她在微微发抖。

"去哪?"

"去中山桥!"

大雨天去中山桥?

潇扬心里嘀咕着,这女人怕是疯了吧。

"是去中山桥还是中山桥附近吃饭?"

"中山桥。"

女人毫无犹豫地说。

女人上车后,没有摘掉墨镜,她手里紧紧地攥着一个塑料袋和一个淋透了的蓝色的帆布包。天色昏暗,她还戴着墨镜,这是典型的作死的节奏。潇扬心里想,他受不了这些做作的女人,明明是灰姑娘,非要装公主;明明是紫菜包饭,非说是韩国寿司;明明用了美图相机,还不让别人说;明明能提起一桶水,在男人面前却打不开矿泉水的瓶盖;明明没有太阳还下着雨,却戴着墨镜,真拿自己当明星啊。潇扬觉得她们是典型的没有勇气面对现实。

女人一声不吭,不停地打着寒战。

雨天戴墨镜的女人

初秋的雨天,空气清冷。潇扬打开车里的空调,把暖风的温度调到最高。潇扬总是心太软,他见不得难过的事。其实他心疼他的车子,女子弄湿了座位,周末又得去清洗车子了。她的脚下面的垫子也湿了,不过,一看到淋了雨的女人,他就动了恻隐之心。

车子拐到东岗西路上,车流量大,行驶缓慢,潇扬打开音乐,他看到女人在微微发抖,突然想到自己后座上有一件外套。他把车子停在路边,伸手拿了外套,递给女人。

"先穿上吧,淋了雨,很容易感冒的。"

女人接过衣服,犹豫了一下,披在了身上,她连着打了两个喷嚏,平静下来,才低声说了一句谢谢。

潇扬没有说话,女人也没有说话,潇扬看到她墨镜下面,眼泪哗哗地流下来。

车里播放的是潇扬喜欢的曲子《温柔的倾诉》,这首曲子犹如一条甘冽的清泉,温暖甜美,刹那间把潇扬带回到了过往的时光,这是母亲生前最爱听的曲子。母亲是音乐教师。潇扬脑子里闪过母亲的样子,他的心忍不住痛了一下。

从五里铺到中山桥,如不堵车,大约一刻钟就到了。车子开出后不久,就堵车了。前面已经排成了长龙。此时调转车头另辟他径已经来不及了。

公交车上,陆陆续续的有乘客走下来,在车流形成的缝隙里徒步穿行。车流没有减少,而是在增加,街上鸣笛声、雨声、人声,商店里传来的音乐声,此起彼伏,让人无法安宁。

潇扬喊了声:"坏了,要堵上了。"

旁边的女人没有吭声。

潇扬有点纳闷,一般情况,他和乘客之间有个不变的话题,就是堵车的烦恼。堵车成为开车人的一个永恒的话题。谈到堵车，人人都有话说。

女人在擦眼泪，她没有摘掉墨镜，只是把墨镜轻轻抬起，擦一下，再把墨镜抬起，擦一下。

潇扬忽然明白了，原来女人戴墨镜是因为哭肿了眼睛，他立刻自责了一下。

女人翻出布包里的纸巾，纸巾也是湿的。她用湿的纸巾，挡着她不断涌出的眼泪。

潇扬见不得女人哭。可馨平时一哭他就抓耳挠腮的不知如何是好。潇扬看着女人哭，他也有点难受，女人一定是遇到了难处，不然不会在陌生人面前落泪的。

潇扬拿出手边的一盒抽纸，递给她。女人说了句谢谢。他在心里酝酿着，要不要说句话，安慰安慰她。看她那架势，已经哭了不是一会儿了，莫不是失恋了，被男人甩了，她肯定不是股票的事。股票从5000点跌下来的时候，潇扬才发觉自己和很多人一样，欲望过于膨胀，他太贪婪了，他太不知足了。他赔得欲哭无泪。本来想和可馨年底完婚，现在怕是不行了。现在股票妥妥地待在3000点，潇扬却前所未有的平静。

女人去中山桥，和潇扬住的方向有点出入，如果早知道是这条路线，潇扬是不会接单的。潇扬一般不带不顺路的乘客，下班高峰期，滨河路上会很堵，现在人家上来了，总不能赶下车吧，何况是个浑身湿透哭哭啼啼的女人。

下雪天，潇扬也不接单。去年，兰州下了很大的雪，晚上从朋友家里过完新年出来，他接了个单，在一个路口车突然在雪地里失去控制，差点撞到了路边的护栏上，他连打了几圈方向盘，都没顾上尖叫。幸好没事，车只是蹭了一下，不然可馨会怪他几个月的。可馨特别爱惜潇扬的车子，尽管是辆不到10万的大众汽车。

潇扬想起可馨，嘴角露出笑容。可馨和他交往两年了，他们马上要结婚了。心有灵犀似的，可馨的电话就来了。

"一会儿回来吃饭吗？"可馨问。

"这会儿在路上堵着，你先吃吧。"

"周末去我家吃饭吧！"

"周末了看情况吧。"潇扬说。

潇扬心想，上周刚刚去过她家吃饭，这周又去，是不是太频繁了。潇扬始终相信距离产生美那句话。

"周末我三姨要来，我妈妈让我们一起去吃饭，她说人多热闹。"

潇扬哼哼了两声，不知道说什么。

"说话啊，是不是不想去，我就知道你不想去。"可馨又使小性子。

"路上堵得厉害，晚上回去再商量。"

潇扬挂了电话。他转头，发现女人摘掉了墨镜，出神地望着窗外的雨。

潇扬眼睛好，一眼就看到女人的眼睛肿得厉害，鼻子红红的。

到底遇到什么伤心事了？他心里想着。

女人的手机响了。

铃声是很悦耳的钢琴曲。

女人拿着手机，一直不愿接的样子。

天地间形成一道白花花的雨幕。闪电，放出耀眼的光芒，照亮了哭泣的天空。车子寸步难行，兰州的路况成为全国拥堵靠前的城市，这个黄河岸边的小城市，除了半夜不堵车以外，其余时间都是拥堵的。潇扬每天花在路上的时间越来越长，上周他创下两小时10分钟回家的记录。

手机一直响。

女人还是在盯着手机看。

潇扬关了音乐。

女人终于接听了电话。

女人摘掉墨镜，拿起手机，沙哑地喊了一声妈，声音像被摔碎的玻璃一样。

"妈……"

电话那头在说着什么。

女人只是一遍又一遍地轻喊着妈，她早已哭哑了嗓子，说不出更多的话。

"我没事……"女人哽咽着，泪流满面。

电话那头十分着急。

女人哑着嗓子说："妈，我还忙着，先挂了。"

挂了电话，女人开始低声抽泣。

潇扬随口问："你妈妈家在哪？"

女人哽咽着说，在一只船附近。

刚刚开车路过一只船，车子已经快到西关什字了。

女人转头看了一眼潇扬，又很快转头把眼睛再次垂下。

"哦，那是好地段。"

女人没有吭声，情绪平稳了许多。她将头转向窗外，静静地流着泪，一直流下去。她的泪像一条流淌不息的小河……

雨幕弥漫，路灯下的大街变得昏暗，潇扬看到女人的左手上戴着一个银镯子，她的手上有个青肿包，像个发酵过的紫米馒头，女人大概是刚从医院里出来的。潇扬想到接女人的附近，恰好是省人民医院。

难道女人是输完液跑出来的？

那个肿包显然不是新留下的，应该是扎了很多的吊针之后留下的。

是因为疾病的绝望，还是感情的失败，还是其他什么？看起来像感情的伤，可又不像。潇扬心里琢磨着。他的心不由地跟着往下坠，他有种不好的感觉。

雨天大堵车又逢哭泣的女人，还有没有比这更让人绝望的事儿？

女人静静缩在一团阴影里一动不动，她看着窗外雨中的街道。潇扬看不清她脸上的表情，只是看着她擦眼泪。潇扬打开了窗户，他盯了几秒钟女人的墨镜，心里有些酸涩，他笑了一下说："我抽支烟可以吗？"

女人摘掉墨镜，转头冲他点点头，脸上挂着流淌不止的泪水。那么多的泪是因为什么悲伤流下的？潇扬看到了她的脸。她的眼睛很大，微皱着素眉、五官清秀，是个漂亮又有韵味的女人，只是看起来很憔悴。她的眼里是全世界的绝望。她的样子让潇扬十分心疼。

潇扬点着烟，吸了几口，吐了一口烟圈，又掐灭了。他再次打开了音乐，把声音调得很低。

潇扬试图转移一下女人的注意力，因为每次可馨一哭，他起初很烦，后来，抱一抱，哄一哄，可馨就破涕为笑了。女人的泪腺真是发达，什么事都能让她哭。

潇扬扭头问：

"今天没上班吧？"

女人摇摇头，她把墨镜重新戴上。

"那你一定是在兰州工作吧？我也是。我是18岁来兰州的。我老家在天水，天水你知道吗？"

女人点点头。

"当年我其实很想报考西安或者北京的大学，可是，高考的时候，发挥失常，只能报兰州的高校了。"

女人没有反应，她把看向窗外的目光，扭到了潇扬这边，眼泪应该是止住了。

"高考那年，我妈妈出了车祸。就在我高考的前三天。而且是当着我的面出的车祸。"潇扬说着，嘴唇颤抖，眼窝一热，眼泪不知不觉掉下来。潇扬急忙抽了一张纸巾。

悲伤会传染的，女人轻轻地拍了拍他的右手。她的手指冰凉。

"那天傍晚，我妈拉着我出来散步，说我做了一天题，让我放松放松。我跟着她，我们本来打算去河边走走，在路上，我妈突然要去给我买烧鸡，那是我最爱吃的。我看着我妈穿过马路，突然，不知从什么地方，冲来一辆大卡车，速度极快，一瞬间，我妈飞了起来，车子停了，我跑过去，妈妈只是握着我的手，她满脸都是血，还冲我笑了一下。她虚弱地说，孩子，一定要好好考试，好好活着。她说完最后的话，就再也没有醒来。后来，那个司机说，车子的刹车出了问题。我真想杀了他，我真的想杀了那个司机，为我妈妈报仇。可是，我只是攥紧了拳头，我什么也不能做。你可以想象我是怎么进的考场。连我们老师，都不相信我能考上大学。我一直名列前茅，老师说上重点没有问题。我妈妈就那样离我而去，我不能接受这样的事实。我三天没吃没喝，我爸爸哀求我，让我吃点，可是，我什么都吃不下，嘴唇都不能动一下。进考场前，我吃了一碗面，对着我妈的灵位磕了头，我说：'妈，你放心，我一定会考上大学。'后来我考上了大学，只是比预期的要差很多……"

潇扬笑了一下，擦掉了涌出来的眼泪。他的生日快到了，每年这个时候，他格外想念母亲。女人摘掉了墨镜，把纸巾递给潇扬。潇扬抬头，看到了她充满了泪水的大眼睛里安慰的目光。

车子到了西关附近，路上基本堵得水泄不通了。公交车、私家车、出租车密密匝匝地挤在一起，看样子前方出事故了，但愿人没事儿。浩荡的车海，像无人管理的停车场，一辆挨着一辆，蜗牛般艰难地前行着。还有一些摩托车在大车的缝隙里穿来穿去，他们看起来像无头的苍蝇，潇扬庆幸自己开在路边的车道，虽然没有退路，但可以停靠自如。

可馨又打电话。

这个缠人的可馨。

"到哪了？"

"还堵在路上。"

"我的饭都做好了！"

"你先吃吧，估计一时半会儿回不去，车基本不动。"

"说好了，周末去我妈妈家，我三姨想见你。"

潇扬头大了。他最害怕可馨家的那些七大姑八大姨。

两人都不说话了。

最近他和可馨总是争吵，为了结婚的事、装修的事。父亲把所有的积蓄拿出来，给他按揭买了一套房子。可馨和所有爱做梦的姑娘一样，想去马尔代夫旅行结婚。潇扬很想满足她这个愿望。只是钱现在套在股市里。不过可馨在电话里说，如果周末去父母家吃饭，她父母会赞助他们去马尔代夫。

潇扬一听更不想去了。但是潇扬还是会去,自从母亲去世后,他不再较真儿,不再张扬,性格完全变了。他喜欢安静。可馨家喜欢热闹,潇扬每次一踏进她家,就像到了阳光灿烂、鲜花盛开、蜜蜂嗡嗡的大花园。可馨爸爸是大嗓门,可馨妈妈一见到潇扬就大惊小怪,她是真喜欢这个女婿。在可馨家吃饭,从来都是热热闹闹的,每次去,都感觉像过年,他们从来不会食不语。可馨的妈妈做饭水平高,每次都准备一桌的饭菜。她喜欢看着家人在她的眼皮子底下,把饭菜吃得一口不剩。不过谢天谢地,这一点可馨没有继承。可馨妈妈、爸爸都会给潇扬夹菜,潇扬的碗里从来都是满的,他担心剩下不好,后来就吃得慢,这样,到最后,才能勉强吃完碗里的饭菜。有时候,好不容易吃完了,可馨的妈妈会突然端来一碗汤,说桌子上放不下了,汤一直在锅里。

潇扬每次从可馨家出来,都会步行回家。他每次都觉得肚子撑得难受。可馨爸爸喜欢问东问西,可馨的妈妈更是唠唠叨叨。潇扬开始不习惯,后来他发现自己喜欢这样的氛围,这才是家啊。母亲走后,他和父亲孤孤单单,他们吃饭,基本不说话。父亲变得更加沉默寡言,他一直沉浸在失去妻子的悲伤中。潇扬很多次劝他再找个老伴。父亲总是笑笑。

潇扬已经习惯了堵车,若是哪天不堵,他都觉得这一定不是兰州。平常堵在路上,潇扬一般会打开广播,听听书,或者拿出相机,拍拍堵车的盛况,潇扬是摄影爱好者,这相机是他靠吃榨菜省出来的钱买的。

黑夜里,闪烁的车灯、昏黄的路灯,以及写字楼里仍然亮着的白炽灯,总是能带给人一些突发的灵感。潇扬会安静地按下快门,稳稳当当地记录下看到的东西。他的专业相机经常随身携带。夜晚相机照出来的照片有时候会虚，潇扬更喜欢拍黄昏时分。那时候光线美极了。

潇扬拍了一张雨中的高楼，他感觉很满意，想让女人看一下，一转头，他突然发现，女人的连衣裙上的吊牌居然吊在脖子后面。突然潇扬有一种不好的预感。他的心有些细微的疼痛，有一些情绪开始在柔软的胸腔中滋生疯长起来。他坚定了自己的判断。他想着女人可能是要去跳黄河。她一定是不想活了，才买了新衣服，然后寻短见。不然，大雨天，她一个人去中山桥干吗？在兰州生活，大雨天去看中山桥，这样的浪漫举动，除非是魏晋南北朝时期的王子猷才有。

车子缓缓移动，潇扬心里翻江倒海，他越想越觉得他的判断是对的。尤其他想到初见女人时，她站在雨中一动不动雕像般的样子，她后面有个烟酒铺子，她完全可以去里面躲雨，在雨中那么镇定自若，肯定是下定了决心。潇扬不知如何是好，他想报警，可是，女人在他身边，他怎么报警呢？潇扬开始恐慌了，他前所未有的恐慌，他想到的唯一的办法是不去中山桥，先拖着……

在西关什字的一个岔路口，他做了个深呼吸，毫不犹豫地把车头一转，这意味他们离中山桥越来越远，而离一只船方向越来越近。

窗外雨雾弥漫，路边的泡桐叶在风雨中零稀落下来。女人根本没有发现车子改变了方向，她还是在擦眼泪，墨镜半挂在脸上。

车子慢慢爬行，潇扬看着车头的方向，稍微感到一点平静，想着要不要劝劝……

潇扬盯着身旁的女人，她的脸色比刚刚上车时红润了许多。

车子堵着，到达目的地的时间很难预料，若不堵车，兰州这个地方，去哪儿一二十分钟就到了，可是，堵车了，就成了没谱儿的事儿。

潇扬看到旁边有个咖啡店,他对女人说:"你稍等一下,我去买个喝的,这车还不知道堵到什么时候。"潇扬想着自己下车,给女人一定单独的时间,让她想想,也给自己一点时间,想想该怎么劝。

既然遇上了,就得帮一把,这是潇扬的人生哲学。他不主动去帮助人,但是遇上需要帮忙的事儿了,他从来不拒绝。

女人根本没有注意外面的世界,她一直在擦眼泪。潇扬想安慰她,却不知从何说起。

潇扬下了车,打着伞,迅速跑到咖啡屋,毫不犹豫地要了两杯咖啡,一杯咖啡18,两杯36。潇扬心想,若能救一把人,这点钱算什么。人命关天……

潇扬端着咖啡,回到车里。他把一杯咖啡递到女人手里。女人犹豫了一下,接了过去。

"我把钱给你。"

潇扬笑了。

"我们俩堵在这里,也是缘分,别谈钱了。你快喝了,暖暖身子,我也是下班顺路捎个乘客,挣个停车费,不是非得靠这个养家糊口。"

女人摘掉了墨镜,半湿的头发散落在肩头,看起来,情绪稳定了不少。女人把咖啡捧在手心里,热咖啡散发出清香。潇扬在那一杯里多加了两块糖,女人喝了几口,苍白的脸上,渐渐有了更多红润。

车里有暖风和咖啡的香味,给人春天般的感觉。

窗外的雨势凶猛,雨声沥沥,前面的车辆有些缓动的迹象,司机们赶紧发动了车子缓缓地紧跟着前面的车辆,车流终于松动了。

女人的电话又响了。

她轻轻地咳嗽了两声,久久看着手机,泪流满面。

手机响了又响,女人接通了电话,声音沙哑,听了让人心疼。

"我在路上。"

……

"我在想一些事。"

……

"没什么,就是想静一静,一个人待着。"

……

女人看着外面的雨忽然很安静地问了一句:"如果我死了,你会参加我的葬礼吗?"

电话那头不知道说了什么……

女人忽然笑起来:"是啊,你说得对,参不参加还有什么意义?"

她的一只手端着半杯咖啡,一只手接着电话。

潇扬心想,果然和他猜得没错,女人不想活了。

大音量的各种广告排山倒海地充斥在街上,潇扬关紧了窗户。

女人拿着电话突然沉默了……

电话那头似乎在劝她。

女人说:"这些年,我用尽了自己所有的力气,就想做成这件事,事实是,我到死也做不到,我就是死了,也不能做到,你明白吗?你没办法理解我的失败,我的努力,我无数次的努力,成为泡影后我的失落,我的挫败感……"

女人说到伤心处,她突然再次泪崩,这次她哭出了声音。

电话那头又是长久的劝说。

女人声音平静了许多,最后她说:"让我静一静,想一想……"

她挂了电话。

车子离中山桥越来越远，潇扬心里的石头落了地。雨点变小了，车子不知不觉拐进了甘南路，离一只船越来越近，潇扬觉得他该说点什么。

他犹豫了几秒钟，咳嗽了一声，说："快到家了，你具体从哪儿下车？"

女人转头望着潇扬，她笑了一下，感激地说了声谢谢。她抱着咖啡杯，望着窗外的雨，低声说："其实，两年前，我已经对生活心灰意冷。我不知道，我为何如此执着，在过去的5年，我一直坚信自己一定会得到自己想要的生活，而我拼尽全力之后，发觉，一切都虚无缥缈。如今一切支离破碎，知道吗？我为自己感到悲哀，我可怜我自己，我不知道自己为何一定要如此……如今我遍体鳞伤，身体大不如从前，我被彻底打败了，我一直一意孤行，害得父母为我担心……一开始，所有人都说我会失败，只有我自己执迷不悟，如今粉身碎骨了，验证了大家眼里早已知道的结局。你知道吗？我早已感到了厌倦……"

潇扬默默地听着，此时，他愿意做一个忠实的听众。潇扬拿过了她手里的咖啡杯，咖啡没有喝完，杯子还有余温。

女人说："知道吗？我买了件新的裙子，处理好了银行存款，今天，我在医院的楼顶从早上8点一直坐到傍晚。有无数次的机会，我只要纵身一跃，这一切都会结束了，再也没有痛苦了，医院一直人来人往，我担心自己跳下来，还会被抢救，于是就想直接去黄河边。那样他们找不到我，没有人知道我在哪里，他们也许不会太难过……就在刚才，我妈妈不停地打电话，我忽然觉得自己一直长久地沉浸在痛苦里，从来没有想到过父母，我妈妈已经习惯了每天和我通电话，这世上真正疼我的，就是我妈了，如果我不在了，她该怎么活下去，突然我意识到，即使死了，也是不能解决问题的……谢谢你调转了车的方向，只是，我真的觉得自己太失败了，过去，我一直在沙漠中走着，一个人，一片天，陪伴我的只有自己的影子，我渴望遇见绿洲，就像唐僧遇见绿洲能够再次鼓足勇气一样。可是我没有遇见，如果，我再不退回来，我就会渴死、饿死，血会被风干……"女人的泪水又一次涌了出来。

潇扬暗自喊着："上天，让她的绝望都过去吧。"

女人说完，接过咖啡杯，一饮而尽。

潇扬说："别想那么多，也别再跟自己过不去，活着挺好的，至少可以喝热咖啡，可以接到母亲的电话，你看我连母亲的电话都接不到了……"

女人笑了一下："人活着很苦，不管你像草一样活着，还是像大树一样活着，都是会遭受风雨的……"

潇扬若有所思地说："和你讲个故事吧，去年股灾，我的一个朋友的钱全部都赔进股市了，有一天他找我医院的同学，买了一瓶安眠药，他骗他说，他爸睡眠不好要吃，其实是他给自己买的，他老婆因为股票和他离婚了，因为他抵押了房产贷的款。朋友打算轻生的前一天，找我喝酒，我发现他不对劲，就劝他，我们喝了几瓶平时喜欢喝的雁荡山啤酒，我朋友哭了，他说，他还是想活着，起码他还有喝啤酒的钱……我的股票也赔了，结婚成了问题，我实话告诉了可馨，可馨是我的女朋友，她说，没有钱就不办婚礼，不蜜月了，她说她会拿出工资和我拍婚纱照。而且她天真地坚信，股票有一天会涨起来。"

女人说："你的女朋友是个好女孩。"

其实，潇扬和可馨有一段日子总吵架，可是他们谁也不想和谁分开。

车子快到目的地的时候，女人说："其实，我想要的生活很简单，有一处小房子，想吃什么，自己做给自己吃，房子里有一个温暖的沙发，偶尔可以看看书，做做白日梦，想说话的时候，可以打电话给一个朋友，生病了身边有人照顾，屋子里充满了孩子的笑声……"

潇扬听着这个简单得不能再简单的生活，他说："这么简单的幸福，我相信你一定能实现，只是你不要再一意孤行……"

女人擦干眼泪，再次冲潇扬报以感激的目光。

她幽幽地说："你永远都不知道，你会遭遇什么，但我从来不会随波逐流，我还是会努力……"

潇扬笑了，暗暗地长长地松了口气。

他说："只有活着才有希望……"

女人点点头。

在一只船中段的一处小区门口，潇扬停下了车子。

昏暗的灯光下，女人脱下潇扬的外套下了车，她给了潇扬100元，就迅速关了车门，走了很远才和潇扬挥手告别。看着女人穿过人行道，潇扬的心就放下了。潇扬想把钱还给她，可又无法停车。女人走了几步，再次回头，站在那里，潇扬看到穿着白裙子的她，像雨后清晨里绽放的茉莉，淡雅，从容。她摘掉墨镜望着他，像个孩子一样冲他挥手，她笑起来的样子，居然有一些天真。潇扬安静地看着她，看着她穿过人行横道，身影越来越小，慢慢消失在路口。

雨不知什么时候已经停了。街上灯火通明，人群熙熙攘攘，被大雨惊扰的世界恢复了原有的生机，市声此起彼伏，潇扬觉得有些饿了，他发动车子，加快了速度，想着，不知道可馨做了什么好吃的等着他呢……

晚来天欲雪

1

一下飞机，刘欣婷脖子里就灌满了戈壁吹来的寒风。兰州的冬天已经来了。刘欣婷给母亲打电话，她一个半月没见母亲了，电话里传来母亲爽朗的笑声，估计今天母亲手气好，赢了牌。刘欣婷掏出丝巾围在了脖子上。窗外漫天盖地的风肆意横行着。机场两边的树，早已脱光了叶子，光秃秃地站立着。初到这里的人，会以为到了某处荒原。

在路上小憩了一会儿，就到家了。作为医生，她有些轻微洁癖，出差带的所有衣物，她都要清洗一遍。一路上不知道有多少细菌跟随她。她一进门就洗澡、洗衣服。这次单位派她到深圳培训，时间比较长，她有些牵挂母亲。她还专门抽空去香港给自己和母亲买了好几件衣服。母女相依为命多年，刘欣婷吃什么、穿什么，看到什么，总会不由自主地想到母亲。刘欣婷去年离了婚，如今独居，目前没有再婚的打算。母亲在她离婚这件事上，倒是格外支持她，不像有些父母寻死觅活地不让孩子离婚。

打扫完卫生，刘欣婷稍事休息，准备出门。出门前，她在穿衣镜中看了自己一眼。她清秀的脸，高挑的身材，脸颊一侧小小的酒窝看起来有些顽皮，她31岁了，看起来还能冒充26岁，可心境却大不一样了。她住在盘旋路，母亲住在黄河北，虽然路途不远，却是最容易堵车的路段。兰州这鬼地方，除了半夜不堵车，白天任何时间都是堵车的，一年四季路上到处都在施工。刘欣婷提着大包小包，找到车，车上落满了灰尘。她犹豫了一下要不要开车去。如今打车难，出租车司机个个都跟爷似的，还是开上车吧。

躲在黄河谷地里的兰州城，被南、北两条山脉包围着，终年有种淡淡的压抑感。只有走在黄河边，看着奔腾不息的黄河水，才会心情舒畅。小时候，黄河边是她的乐园。

在车上，刘欣婷一直想着母亲。母亲是第一届恢复高考的大学生，一直在铁路设计单位工作。母亲的性格偏执，年轻时是要强的女人，当初一意孤行地嫁给了身为工人的父亲，可父亲却背叛了她。父母是在刘欣婷9岁那年离婚的。离婚后，母亲独自带着她生活。母亲一直住在单位分的房子里。她们原来住平房，后来住一室一厅，4年前，旧楼拆迁，母亲才分了这套新房子。母亲一出门，就能见到老同事，和谁都能聊上半天。大家还喜欢串门，做了好吃的饭菜，会端给邻里品尝，母亲说这里很有人情味。

开门的时候，家里传来狗叫声。家里怎么会有狗呢？刘欣婷打开门,一个巴掌大的小白狗,横在她眼前,拼命地冲着她叫。看样子,这狗最多一个多月大,小小的脑袋,短而有力的腿,一双又黑又大的眼睛瞪得圆溜溜的。母亲不在家。这会儿,她肯定去楼下打牛奶了。刘欣婷提着大包小包,站在门口死死地盯着小狗。她每往前一步,小狗就往前一步,它已经歇斯底里了。

刘欣婷不喜欢狗,甚至牵涉一切和狗有关的人和事。刘欣婷瞪着眼睛,对小白狗说:"吵什么吵?这是我家。你是从哪冒出来的?快让开……"

小白狗寸步不让,还据理力争。刘欣婷拿小狗没办法。万一被这小东西咬一口,真是得不偿失。她可不想打狂犬疫苗。

她只能愤怒地望着小狗,小狗面目狰狞,时刻准备扑过来。不过它实在太小了,小得对刘欣婷构不成威胁,刘欣婷顺手拿起门口的扫把,挥了几下,就把小狗逼到了墙角。刘欣婷终于坐在了沙发上,长长地喘了口气。

2

母亲来了。

母亲笑眯眯地对小狗说:"嘟嘟,别叫了,这是姐姐啊。"

那小狗果真不叫了。绕过刘欣婷风一样地扑到母亲脚下,尾巴摇得跟风扇似的。母亲笑了。她把牛奶放到餐桌上,抱起嘟嘟,在它身上摸了摸。嘟嘟立刻伸出舌头,反复舔母亲的手。

刘欣婷沉下脸:"妈,这狗是怎么回事?谁往咱们家寄存的,你快让人带走。"

母亲却诡异地笑起来,放下狗。

嘟嘟又冲过来，冲着刘欣婷"汪汪"大叫。

"妈，快点打电话，让人把狗带走。"刘欣婷的声音颤抖着。

母亲还是笑。刘欣婷瞪着眼睛看母亲。难道是母亲养的狗？看着母亲的表情她好像什么都明白了。

"妈，你先把它关起来。我的头要被吵破了。"刘欣婷皱着眉头。

母亲笑呵呵地说："桌上有毛栗子，你给它喂两个，它就不叫了。这小家伙可聪明了。其实它认识你，我每天指着你的相片给它看，它就是不熟悉你的气味……"

刘欣婷突然吼起来："快关起来……"

母亲欲语还休，没办法，只好摇着头抱着嘟嘟去了阳台。

在阳台上，母亲说："嘟嘟，你先在这自己玩儿，我一会儿来陪你。"

刘欣婷哭笑不得。母亲一出来，刘欣婷追问："妈，这狗是谁家的？"

母亲一怔："是你夏叔叔给我买的。你别看它小，可灵敏了，啥动静都能听见……"

夏叔叔是母亲的男朋友，他们好了十几年了。夏叔叔对刘欣婷也很好，小时候她问母亲："妈妈，夏叔叔为什么不做我的爸爸呢？"母亲当时什么都没说。上了大学才听说，夏叔叔的爱人是遗传性的精神分裂，生下儿子后发病，一直住在精神病院，这样的病，是不允许离婚的。

"妈，你为什么要养狗？赶紧让夏叔叔带走。"

小狗一出现，啥心情都没了。刘欣婷本来想给母亲看新衣服的。

"嘟嘟特别可爱，我保证你明天就喜欢它了。"母亲倒是十分有耐心。

刘欣婷突然像烧了屁股一样跳起来,吼道:"妈,你不知道我为什么不喜欢狗吗?难道你忘了豆包了吗?"

豆包是刘欣婷小时候养过的唯一一只狗。说到豆包,母亲一愣。刘欣婷也愣住了。豆包这两个字就像是母亲和她的死穴,十多年了,她从来不提豆包,母亲也从不提。刘欣婷感到自己有点发抖,她深深地吸了一口气。

房间里忽然很安静。

那只叫豆包的狗站在她们面前,让她们呼吸困难。刘欣婷的父亲是铁路工人,常年在外,每年春节才回来住一个月。母亲独自带着刘欣婷。母亲怕女儿孤单,就从亲戚家里要了刚出生不久的豆包。豆包能看家护院,也能陪刘欣婷玩。豆包身上长着洁白的毛,吃东西的时候,尾巴总是翘起来,它的眼睛特别亮,好像两颗水晶葡萄。豆包喜欢跟着刘欣婷,刘欣婷去上学,它总蹦蹦跳跳地要把刘欣婷送到院子门口,然后依依不舍地目送她离开。刘欣婷放学回家,它总是欢喜雀跃地迎接。刘欣婷三年级之前的快乐童年里,豆包一直陪伴着她。豆包的名字也是她起的,它圆圆萌呆的感觉,很像豆包。

可是豆包却死了,它是刘欣婷在不知情的情况下被毒死的。

刘欣婷9岁那年的冬天,有一天她放学回家,豆包像往常一样热烈地迎接她。母亲不在家,她有点饿,去厨房找吃的,看到灶台上有个肉夹馍。刘欣婷想都没想,就把那个肉夹馍给了正冲她摇尾巴的豆包。刘欣婷喜欢吃肉,可她更喜欢豆包。她拿了锅里的一个花卷,边吃边看着豆包吃。豆包几口就吃完了,吃完跑了两圈,就不对劲了,开始嗷嗷地叫,跑到花园的角落里,扑通就躺下了……

母亲跑进来的时候,刘欣婷坐地上哇哇大哭,豆包微微睁着眼睛,躺在地上抽搐着。母亲说那肉夹馍是她药老鼠的,家里那段时间总有老鼠。豆包死后，刘欣婷好多天都不理母亲，看到街上的小狗，她经常会哭。她恨自己害死豆包，也怨恨母亲。如果母亲不买那个肉夹馍，那豆包就不会死。豆包成为她童年的快乐，也成了她最大的痛苦。那天晚上，父亲意外地从外地回来了。刘欣婷被送到姥姥家过寒假。开学的时候，刘欣婷才听母亲说，她和父亲离婚了。父亲和一个寡妇好了，寡妇为父亲生了儿子。那个春节，父亲是来离婚的。

母亲扔掉了所有和父亲有关的东西，连父亲盖过的被子都扔了，家里吃饭的桌子，是父亲有一年放假回来亲自做的，母亲也送了人。和父亲有关的相片，都被母亲烧的烧，剪的剪，就连全家福上的父亲，也被母亲剪掉烧了。父亲的样子在刘欣婷的脑海里越来越淡，越来越淡。不熟悉的人，问起母亲关于父亲的事，母亲总是淡淡地说，他出事故，死了！母亲说的时候，嘴角边会浮出冷冷的笑意。对女儿，母亲却完全像换了一个人，她不再严厉，不再苛责……

3

电话响起来，母亲去接，刘欣婷去了卫生间洗手，温柔的香皂泡沫抚慰着她的双手。刘欣婷看到镜子里自己的怒火，那怒火随着流水，渐渐熄灭。她怎么会对母亲发这么大的火？

母亲在厨房炒菜。刘欣婷站在厨房门口，轻声说："妈，我来帮你洗菜吧……"

母亲讨好似的看了一眼女儿，笑了："你休息吧，都弄好了。"

刘欣婷点点头，她怎么会这么激动，这么多年过去了，原本以为那个伤疤已经愈合结痂脱落了，没想到，一碰触，伤口还那么痛，还在流血……

晚饭比较丰盛，四菜一汤，都是刘欣婷喜欢吃的菜：西红柿炒鸡蛋、青椒牛肉、土豆丝、香辣虾。刘欣婷回家前，母亲已经切好了，等她一来，母亲就开炒了。母亲是个不善于表达的人，即使小时候，母亲过生日，刘欣婷用自己的零花钱给她买了一双漂亮的袜子，母亲也不会表现出特别的兴奋。孤儿寡母的生活，非常简单。但母亲从小就培养女儿的独立意识，这种独立思想，也是导致刘欣婷离婚的一个诱因。从离婚到现在，她从没有掉过一滴眼泪。她不觉得婚姻是女人的一切。她证明了自己的内心的强大。她恋爱的时候，并没有全心投入，她为自己保留了部分的空间。如果一个男人填满一个女人的心，那如果失去，绝对会肝肠寸断的。

吃饭完，刘欣婷洗碗。母亲在打电话，应该是给夏叔叔打的。母亲在笑，她说的都是鸡毛蒜皮的事，母亲在说刘欣婷怎么不喜欢嘟嘟，炒了什么菜，吃了什么菜……

夏叔叔是11岁那年出现在她们生活里的。夏叔叔每次来都带一堆吃的。有一次，母亲住院，夏叔叔还给她去开家长会，老师以为夏叔叔是她父亲，刘欣婷没有否认，她觉得有夏叔叔这样一个父亲挺好的。几年前，夏叔叔妻子去世了。刘欣婷劝母亲和夏叔叔搬到一起住。母亲淡淡地说习惯了，就这样挺好。他们好了十几年了，如果这世间有爱情，那夏叔叔和母亲应该算是爱情吧。

母亲说夏叔叔约她去黄河边散步。母亲打算出门。刘欣婷急忙冲出厨房，说："妈，我给夏叔叔买了件羊毛衫，你给他带上。"

母亲笑眯眯地说："我提着不方便，明天让他自己来取。"还嘱咐刘欣婷给嘟嘟喂点吃的，狗粮在电视柜上。洗完碗，刘欣婷的手机响了，单位通知明天早上有会。领导真是心黑，回来也不让休息一天，就催着上班。

"妈，我要回去了，明天要上班，周末回来帮你搞卫生。"刘欣婷说。

"怎么，不住吗？我都把被子晒了。"母亲的口气略带失望。

"从你这走，早上出去太堵了。"刘欣婷解释着。

刘欣婷和母亲一起出门。关于嘟嘟引起的不愉快，母女两个谁都没再提。

刘欣婷结婚的时候，母亲给她买了车。母亲是工程师，退休工资可以，有些积蓄。母亲只想培养女儿独立的人格，刘欣婷10岁就会自己煮饭，12岁就会炒菜。刘欣婷离婚的时候，母亲陪她住了半年。她是过来人，哪怕再失败的婚姻，解脱也是会伤心的。刘欣婷以前觉得母亲有点冷漠，现在觉得母亲是对的，她让她如此坚强独立。

刘欣婷是三甲医院的大夫，在B超室工作。一天从早忙到晚，连水都顾不上喝一口。每天，她就像陀螺一样不停地转啊转。工作的时候她会忘记母亲养狗的事。在路上，她总想着，怎样劝母亲把嘟嘟送走。那只狗如今就像卡住她喉咙里的一根刺，必须尽快拔除。

4

又过了两周，天越来越冷，丝毫没有降雪的迹象，依然是晴冷的天气，空气干燥，医院里到处是感冒的老人和孩子。早晨8点不到，刘欣婷就到医院了。换上衣服就坐在B超机前，病人一个接一个，丝毫马虎不得。快下班的时候，护士喊："刘大夫，有人找。"刘欣婷正给一个胆结石病人做B超。她想着说不定又是哪个亲戚带来的病人。刘欣婷的几个姨妈经常会带一些亲戚或者朋友来做 B 超。她们不是为了省 B 超钱，只是为了满足心理上的某种踏实感。刘欣婷做完 B 超，给病人嘱咐了两句，站起来，腰都直不起来了，她捶着腰，走到门口。如果是亲戚带来做 B 超的，她想检查了再下班。

楼道里，一个老年男人，有点局促地站在那里，他身子瘦高，穿着灰色的棉衣，手里提着一个棕色的皮包，活脱脱一个乡镇干部。刘欣婷一看背影，心颤抖起来，眼前顿时迷雾一般，她转头把眼泪逼回去。他是她久未谋面的父亲，他怎么会来。刘欣婷摘下口罩，淡淡地看着他。父亲目光露出惊喜，他张了张口，喊了声："婷婷……"

婷婷，是刘欣婷的小名，他还记得。

刘欣婷克制着自己，面无表情地说："你怎么找到这里来的？"

父亲小心翼翼地说："我来看病，听你姑姑说你也在这家医院，就顺道过来看看你，上次来的时候，他们说你进修去了……"

也许是父亲说来看病，刘欣婷的语调缓和了许多。过道里灯光很暗，她还是一眼看出了父亲的病态。不过，她每天看着病人，有点习以为常的麻木。这么多年，她已经习惯了没有父亲的生活。她考上大学那一年，父亲让姑姑带了 3000 块钱过来，3000 块钱恰好是她的学费。后来大学三年，父亲每年给 3000 块。刘欣婷也没觉得有什么温暖，那只是父亲一个月的工资。再说，母亲压根不想收那个钱，母亲坚决要退回那笔钱，后来姑姑说："我哥就是再不好，打断骨头还连着筋呢，你就收下吧。"母亲才收下。

刘欣婷说："你等一下，我去换衣服。"

中午时间有限，刘欣婷决定带父亲去吃套餐。走出医院，父亲步子明显跟不上。刘欣婷扭头看了一眼父亲，父亲的脸黑沉沉的，肯定是胃出了问题。寒风中，父亲缩着脖子，鼻子也冻得红红的。到了快餐店，刘欣婷要了两份饭。两人坐定后，父亲朝她微微笑了一下。父亲的头发全白了，脸上没有血色，眼神也是黯淡的。刘欣婷不知道怎么和他说话。父亲坐在对面，一动不动，他的目光停留在他的手上，即便抬头看刘欣婷，也是借着眼睛的余光轻轻扫过。过去高大的父亲如今枯瘦如柴。不是和那个寡妇爱得死去活来，还生了儿子吗，怎么是这副惨相！

"检查有结果了吗？"刘欣婷问。

父亲顿了顿说："还没有确切的结果，医生让我在这里等消息，估计十有八九是……癌症，天水医院也怀疑是胃癌。"

刘欣婷真没想到父亲会得这样的病。她的心忽然沉下去了，心里小小的幸灾乐祸不见了。

她淡淡地说："还没有确凿的定论，不要乱猜，快吃饭吧。"

刘欣婷只扒了几口牛腩饭，就吃不下了。她把碗里的肉全夹给了父亲。父亲也压根没吃多少，如果是胃癌的话，那他现在吃东西是很艰难的。

"下午，你去哪？"刘欣婷问。

"我赶3点的火车，过两天再来。"父亲说。

刘欣婷说："我看你别回去了，在我这住下。明天我找消化科的主任再给你重新彻底检查一下。"

父亲受宠若惊的样子，让刘欣婷的心骤然酸楚。她没想到父亲会来找她，更没想到父亲生了这么重的病。刘欣婷吃完饭，给科里打电话，说晚一点过去。她开车送父亲到她的房子。在车上才听父亲说，寡妇前几年去世了，他的儿子，也就是刘欣婷同父异母的弟弟如今在读大学，父亲现在也是一个人生活。父亲犹犹豫豫地问母亲的情况。刘欣婷没有细说，只说挺好的。

电梯里父亲突然问："我听说，你离婚了？"

刘欣婷一愣，看来父亲一直知道她的情况。她点点头，说："离了有一年了。"

刘欣婷的前夫去了美国，在那里拿到绿卡定居了。前夫让她去，她不想去，他们婚后一直聚少离多。她如果跟着出国，所学的一切都还给了时间，一切都得重新开始。再说她还有母亲，母亲把她抚养大，很不容易。母亲老了，她不能离开她。她考虑再三，还是拒绝了。她和前夫之间没有劈腿，也没有第三者。后来，刘欣婷想，他们之间也许是不够爱吧，或者他们都是自私的人。前夫带走了所有存款，给她留下了房子。前夫才华横溢，是她研究生时的师兄，他们分手后半年多，就听说他和一个华裔女孩结婚了，而刘欣婷却不着急再婚。

把父亲送到住处，刘欣婷又匆匆赶到医院。周一，病人最多，刘欣婷再次坐在B超机前，连水都没顾上喝。病人走马灯似的从B超床上下来又上去，到了下班的时候，刘欣婷才伸了个懒腰。她不知道该回自己家，还是回母亲那。后来一想，还是回自己家吧，明天还要带父亲检查身体，她打电话和消化科的主任说了一下父亲的情况，约好明天早上过去。在路上，她买了两份盒饭，平时特别忙的时候，她都是这么打发自己的。

刘欣婷推开家门，就见父亲穿着围裙，手里端着一盘菜站在厨房门口。刘欣婷瞬间不知道如何是好，她不知道如何称呼父亲，更不知道，如何和父亲打招呼，为了避免尴尬，她说："吃饭吧，我买了快餐。"

父亲把菜放到桌子上，走到刘欣婷跟前接过盒饭。他笑了一下，讨好地问:"累了吧,快吃饭。我到楼下超市随便买了几个菜,也不知道合不合你的胃口。"

刘欣婷的表情冷冰冰的。她答应了一声,直接去了卧室换衣服,等她冲完澡出来,父亲的桌子上已经摆好了四菜一汤。一个青笋山药、一个青椒茄子、一个干煸豆角、一盘香辣虾,还有一个西红柿鸡蛋汤,算是十分丰盛的晚餐了。

刘欣婷坐到了父亲对面。她和父亲,两两相对,竟无话可说。也许他们之间只有血缘关系。父亲给她递筷子,她看了一眼父亲,什么也没说,低头吃起饭来。刘欣婷吃了一口,就哽咽了。这是父亲做的菜。小时候,父亲常年不在家,每次回来,都给她们娘儿俩做很多好吃的。父亲厨艺精湛,做的菜十分可口。父亲吃得很慢。刘欣婷一看时间,正好晚上7点,她打开电视,看《新闻联播》。她想着父亲也许每天这个点都在看电视,这是很多中国家庭的习惯,吃晚饭的时候看新闻,满屋子充满了国家大事。父亲没吃什么东西,只喝了半碗西红柿鸡蛋汤。

吃完饭,刘欣婷刷完碗,对父亲说:"你看看电视,我先睡觉了。今天忙了一天,累散架了都。"

父亲点点头。

刘欣婷走了两步,又说:"明天我带你去重新检查,我和那边的主任联系好了。"

父亲又点点头。

刘欣婷疲惫不已,倒头就睡着了。

5

父亲在刘欣婷的房子里住了一周,这也是刘欣婷最忙乱的一周。她带父亲重新去消化科做胃镜检查,又做了病变活检,又拿着父亲的病历去给最权威的专家看。父亲整个过程就像一个听话的孩子,刘欣婷就像一个严厉的家长。父亲的事来来回回折腾了三天,总算有了定论,专家很肯定地排除了癌症。谢天谢地,父亲不是癌症,是严重的胃溃疡。刘欣婷给父亲开了药,她松了口气,在心里想着,早点打发父亲回去,不然母亲知道了肯定会不高兴的。

这天晚上,父亲又做了一桌的饭菜。刘欣婷一进门就闻见了一股大盘鸡的香味。父亲在努力地讨好她。刘欣婷不是不领情,只是被伤得太深。

父亲给她盛好饭,往她碗里夹了块鸡肉。他低头吃起来,吃着吃着,表情变得有些悲伤。

刘欣婷说:"我给你开了药,你回去按时吃,一个月后来检查……"

父亲点点头,又有点犹豫地说:"婷婷,这些年,不是我不想来看你,只是你妈她不让我看,你妈她恨我……"

刘欣婷正在吃鸡肉,看了一眼父亲,父亲还想挽回什么呢?

"现在说这些有什么用?"刘欣婷说。

父亲的眼睛眨巴眨巴地看着她,许是病着,看起来十分值得人同情。可是刘欣婷的心如平静的湖面,连一丝风都没有,缺失了十几年的父爱,不是一句"对不起"就能挽回的。

父亲犹犹豫豫地又给她夹了一块肉:"还记得你小时候养过的那

只狗吗？"

刘欣婷点点头。

父亲说："那只狗是因为我死的。"

刘欣婷的嘴里正啃着一块骨头，瞪大了眼睛望着父亲。

父亲嗫嚅着："那一年春节前，我给你妈单位打了个电话，告诉她，春节期间，我们去办手续。你妈已经知道寡妇生下你弟弟的事。她恨死了我，我回来的那天，你妈一天都没上班，她到街上买了一个肉夹馍，在里面放了毒鼠强，那个肉夹馍是给我预备的，她知道我喜欢吃肉夹馍。我原来每次回家，你妈都给我买好放在家里。那天没想到，你放学早了，而我的火车晚点了，所以，那个肉夹馍阴差阳错地被你喂了狗，那个狗死了，你妈妈好像突然变了，原来死活不离婚，那天，她和我把狗埋了，在路上就答应我马上离婚。直到第二年夏天，我来看你，你妈妈把我挡在了门外，她一字一字地告诉我这一切。她说，如果那个肉夹馍那天女儿吃了，那她已经死了。如果我吃了，那她也进了监狱，剩下你孤零零一个人。她说，婷婷是她的一切，她不希望我再打扰你们母女的生活……我知道你母亲的个性，所以，这么多年，我都没有去看过你，只是给你寄点生活费，你妈的性格你是知道的……"

说真的，刘欣婷吓了一跳。时光久远，当年的情节她已经模糊了。她只记得，母亲当时冲进院子，扑过来，紧紧地抱着她，摸她的脸，追问她吃那个肉夹馍了没有。她当时只是哭，除了哭还是哭，她是在哭小狗。母亲也在哭，她在哭什么呢？她想母亲的脸，当时一定充满了绝望和崩溃，像被暴雨突然袭击过的树木，摇摇欲坠，只剩下残枝败叶……

刘欣婷沉默了片刻，淡淡地笑了。她很想指着父亲的脸问："难道你忘记了当初抛弃妻子,和寡妇生下孩子才来离婚的事实了吗?你说这些是在为自己的过错辩解吗?为自己十几年不闻不问这个女儿辩解吗?"父亲的话让她瞬间伤痕累累。这么多年,刘欣婷从未怀疑过那个肉夹馍是药老鼠的,她一直恨自己害死了豆包,恨那个肉夹馍……

刘欣婷没了胃口,放下筷子,淡淡地对父亲说:"明天你回去吧,我顾不上送你。"说完,她去了书房。

刘欣婷有种抑制不住的悲伤,她关上门,眼泪不断涌出来,她很想给母亲打个电话。电话响了很久,母亲才接。母亲不知道她和父亲在一起,更不知道父亲来看病的事。

母亲说:"婷婷,吃饭了吗?"

刘欣婷听到母亲的声音,又哽咽起来。她喊了一声妈,眼泪在眼圈里打转,说不下去了,很想抱着母亲大哭一场。

"嘟嘟,过去玩,我和姐姐打电话呢。"母亲笑呵呵地在电话里逗小狗。

刘欣婷吸了吸鼻子,她如果在电话里哭,母亲会受不了的。母亲现在血压不稳定,不能受刺激。刘欣婷平静了一下说:"妈,你是不是刚刚和嘟嘟去散步了?"

母亲笑着:"是啊,刚刚进门,嘟嘟一出门就不喜欢回来,幸亏我牵着它。对了,你张阿姨今天给我说了个小伙子人很不错。结婚一个月就离婚了,据说是两个人性格不合。你周末有空吗?你们见见……"

刘欣婷笑了,母亲如今又开始给她张罗着介绍对象了……

"妈,你别操心了,我最近没空。"刘欣婷终于笑了。

"你总说没空,再这么下去,耽误我抱外孙子了,人家老太太聚在一起都说孙子，就我说嘟嘟……"母亲又开始唠叨。

刘欣婷扑哧笑了："妈，面包会有的，外孙子也会有的，别着急……"

6

父亲回去的那天，夜里下了一场小雨，天气阴冷，刘欣婷还是开车去送他了。他们一路无言。刘欣婷的心情像是蒙着厚厚的霜，父亲进站的时候，刘欣婷才开口说："这个病其实不是大病，要好好养，要吃好消化的饭菜……"父亲眼圈红红的，点点头，转身进了站。

离开火车站的路上，天晴了，太阳即将出来，刘欣婷看着街上来来往往的人，想起小时候，那是个冬天，她放学后去一个同学家里玩，回家时迷了路，天色已暗，大雪纷飞，她又冷又饿，惊恐之际，父亲突然出现在她面前，她一直记得父亲当时焦急的眼神。父亲紧紧地拉着她的手，把她带回家，雪越下越大……想着想着，她落下泪来。

周五，刘欣婷下班后直接去了母亲那。在路上，刘欣婷把车停在路边。冬天的黄河水平静舒缓，傍晚看起来很像鹅黄色的绸缎，轻轻被风吹拂着。望着滔滔不绝的黄河水，她想，她还是怨恨父亲的，父亲的突然出现，又是病着来找她，让她暂时忘记了那些恨。

到了母亲家，看到夏叔叔也在。刘欣婷夸张地给夏叔叔一个拥抱。夏叔叔有点受宠若惊。那个小嘟嘟不知从什么地方突然冒出来，又开始冲着她叫。母亲拿了鸡肝，让刘欣婷给嘟嘟喂着吃，嘟嘟吃了几块后就不叫了，摇着尾巴跟着刘欣婷。刘欣婷走到哪，嘟嘟像个跟屁虫似的跟到哪。

母亲在包饺子,夏叔叔也帮忙。两个人在厨房,说说笑笑的一个擀皮一个包馅儿。屋里的君子兰开得正艳。在黄河边,刘欣婷还在犹豫要不要告诉母亲,父亲来兰州看病的事,看到母亲的一瞬间,她打消了这个念头。让一切往事都尘封吧。饺子是刘欣婷爱吃的芹菜牛肉馅儿的,刘欣婷吃了一大盘,还想吃,可是肚子装不下了。

吃过饭,母亲洗碗,刘欣婷和夏叔叔坐在沙发上。

刘欣婷说:"夏叔叔,你难道不想和我妈每天在一起过吗?如果是你儿子介意这个,那我和他说……"

夏叔叔摇摇头,小声说:"我和你妈提过,可你妈不同意。我觉得你先做你妈的工作。我那儿子,在上海不可能回来的,他巴不得我和你妈一起过呢。"

夏叔叔的儿子从小得不到母爱,有时候,夏叔叔也带儿子来她家吃饭。刘欣婷经常和他一起玩。那孩子也很尊敬刘欣婷母亲。

晚饭后,母亲和夏叔叔去黄河边散步,尽管是冬天,母亲还是习惯去黄河边散步。刘欣婷决定带嘟嘟去院子里走走。几块鸡肝已经贿赂了嘟嘟的胃,嘟嘟已经认可刘欣婷这个主人了。小动物们的喜怒哀乐就是那样简单。嘟嘟一出门就撒着欢地跑,母亲说嘟嘟从来不在家里大小便,嘟嘟喜欢在楼下草坪里打滚,小便。嘟嘟还喜欢仰起头看天空,它看起来无忧无虑。它见了别的狗,就屁颠屁颠地追过去,如果不唤它一声,它就跟着人家走了,嘟嘟是那样的像豆包,刘欣婷一想到豆包,眼泪又冒了出来……

天黑了。刘欣婷牵着嘟嘟回家的时候,母亲已经回来了,嘟嘟进门前,母亲给嘟嘟擦了脚,她嚷嚷着,让刘欣婷帮忙给嘟嘟洗澡。被解开项圈的嘟嘟,像得到了解放,兴奋地在屋子里跑了一圈,活力四射。母亲轻轻走到沙发旁，嘟嘟立马跟过来，在母亲的手上舔来舔去。母亲摸了摸它柔软的毛，然后把一个皮球丢远，嘟嘟马上用嘴叼过来。母亲抚摸了它一下，把皮球又丢远，嘟嘟叼着皮球又跑过来。刘欣婷咳嗽了一声，母亲这才回过神来。

临睡前，刘欣婷犹豫着问不问母亲豆包的事，话到嘴边，她又转移了话题。夜里，呼呼的西北风呼啸而来，让人有点猝不及防。刘欣婷起身去客厅喝了半杯水。快过春节了，这一年也没有什么不寻常的事，天气也和往年一样，有风和日丽，也有狂风暴雨，只是时间过得太快，有些事还没有来得及整理，就已经变成往事了。刘欣婷看着窗外，点了一支烟，她没有烟瘾，只是偶尔苦闷的时候，会抽几根。她吸了一口，轻轻吐出，想起这些年和母亲相依为命的点点滴滴，想起父亲的病，这一晚，她失眠了……

一个月后，父亲打来电话，说在医院复查了一下，胃溃疡的面积缩小了许多。父亲又问了几句闲话，后来，小心翼翼地说："你的弟弟，他明天来兰州办事，想见见你。"

刘欣婷一下子愣住了，这太突然了。

天气预报说，明天会有中到大雪。刘欣婷冒着寒冷，迎着凛冽的西北风，去超市采购，她提着大包小包到了母亲那。母亲做了火锅，又温了一壶黄酒，母女俩吃得高兴。刘欣婷把从没见过面的弟弟要来的事，还有父亲前段来看病的事告诉了母亲。母亲好像什么都知道一样，她神态自若，没有一丝惊讶，将手里夹着的菜放到了刘欣婷的碗里，头也没抬地说："那就见见呗，有个弟弟总比没有的好，我听说，那孩子很懂事，他妈得病的时候，天天守在病床边，大学考得也不错，是一本……"刘欣婷的嘴张成了 O 型。她没问母亲是怎么知道的，母亲也没说，她们俩倒是举起了杯子，轻轻碰了一下，母亲突然提醒她："别耽误了我的天伦之乐……"刘欣婷扑哧笑出了声。

第二天，絮绒般的雪花纷纷扬扬，漫天起舞。这缺水的塞外小城，变得湿润而洁净，每一个人脸上洋溢着欢喜的笑容，世界充满了爱。刘欣婷在孩子们打雪仗的欢笑声中。见到了那个传说中的弟弟，弟弟灿烂地笑着，他站在雪中。他和刘欣婷有着酷似的脸型，他们的左脸颊上都有一个深深的酒窝，他们的眼角都微微扬起。雪花落在他的身上，弟弟比她想象的还要像她，刘欣婷吸了吸鼻子，看着他，不知如何是好，好在弟弟笑着先开口，喊了声："姐……"

如果你不曾存在

1

和才英相遇，沈木犀觉得是命中注定的。

那是巴黎六月的一天，空气里弥漫着初夏的欢乐气息。那天，沈木犀忙了一整天。一个中国游客在老佛爷百货和店员发生冲突，他一直处理协调。初夏，来法国的中国游客进入高峰期，店里的导游根本忙不过来，他只能亲自上阵。他带着旅行团，走在19世纪的碎石路上，去协和广场、凯旋门、巴黎圣母院……他一上车的开场白依然是：法国人有两种，一种是"住在巴黎的人"，另一种是"住在巴黎以外的人"。旅行团的最后一站往往是带他们去购物。在法国，欧债危机的不断升级和欧元的大幅贬值，使欧洲人开始勒紧裤腰带过日子。而中国游客在巴黎依然能大肆采购，为欧洲经济慷慨解囊。

沈木犀招了招手中的一面小旗，游客们就杀进老佛爷百货。

沈木犀站在拜占庭式的巨型镂金雕花圆顶下，看着来往的人影绰绰，他很想抽一支烟。阳光从圆顶自然泻下，豪华的装饰线条，给人以强烈的视觉冲击，使之无愧于购物天堂的称号。

沈木犀站在一个角落，闲情雅致地对着天花板发呆。他留给游客的时间是两小时，可是那些土豪们还觉得不够，他们直奔自己心仪的奢侈品专柜，展开了激动人心的血拼！个中原因只有一个，那就是这里名牌商品的售价远远低于国内，很多产品的售价仅相当于国内的六七折，再加上退税，比国内足足便宜了四成多，甚至一半。很多人都抱有这样的心态：买得越多，省得越多，等于赚得越多。对于很多参团的游客来说，买上三千多欧元的东西，基本上团费就赚回来了。

老佛爷百货喧闹异常，沈木犀和中国领队说了集合的时间、地点，他就去了旁边的酒吧，打算喝一杯。沈木犀感觉有点闷热，他脱掉西服，巴黎四季气候温和，夏天最高温度很少超过25℃，冬天的最低气温通常也在0℃以上，不过有时候也会非常热。

沈木犀今年38岁。他18岁就来巴黎了，在巴黎已经待了整整20年。他在这里读书、工作、安家。过去的20年，他干过很多工作，在中餐馆做服务生，在企业做技术、管理，当导游，后来自己开了旅行社，不过只接待中国的游客。

沈木犀初到法国，在法国南部尼斯一所学校读计算机专业，后来硕士读的是工商管理，是在巴黎一所大学读的。法国的硕士对于沈木犀来说实在过于简单，他一年就读完了。32岁那年，他结婚了，是父亲的突然去世，让他萌生了结婚的念头。母亲说，父亲到死都想着他，希望他早点成家。于是，处理完父亲的后事，回来不久，他就结婚了。婚后半年，他回国到父亲的墓碑前，陪着父亲喝了一下午的酒。他和父亲从来没有一起喝过酒，没有一起抽过烟，少年时代看到父亲站在阳台抽烟，梦想有一天，能和父亲站在一起抽一支烟，或者一起喝几杯酒，可是一直没有那样的机会。父亲一直唠叨着要来法国看看，也没有来，这是他最遗憾的事。他很小时出国，父母为了供他留学，一直省吃俭用。当他终于在法国买了公寓，想接他们来小住的时候，父亲却去世了。子欲养而亲不待，沈木犀想好好孝敬母亲，可是母亲死活不愿来法国，她离不开故土，离不开那个熟悉的大院子。这两年，沈木犀回国的频率越来越高，从过去的两年一次，一年一次，到如今一个季度一次。他每次回国，母亲都心疼机票钱，沈木犀说，钱挣来就是花的。父母退休前都在事业单位工作，当年为了给他凑机票钱，每次都是东拼西凑。父亲生病住院，他们也是怕来回路费太贵，没有告诉沈木犀，以致沈木犀没有见到父亲的最后一面，成为终身遗憾。

回到巴黎，他很快就结婚了，妻子是他的研究生同学。他们之间谈不上爱情，只是在异国他乡互相取暖。和妻子的关系从一开始就是同居关系，没有花前月下，没有卿卿我我，觉得彼此年龄都老大不小了，就结婚了。她有学历，他也有学历，他们酒后乱性，妻子怀孕了。那年，他在法国按揭买了公寓，这是妻子当初嫁他的两个理由。

他和妻子结婚6年，分居3年，他们一开始性生活就不咸不淡，可有可无。他们从来没有说过半小时以上的话，如果没有孩子，他们完全可以变成两个哑巴。妻子一直在巴黎郊区的大学工作，她对于沈木犀离开高薪企业开旅行社，始终耿耿于怀，他们一直同床异梦，后来干脆分居，各自住各自的房子。在法国这样一个艳遇随时随地都可能发生的地方，他对妻子也格外宽容，也许宽容是不爱的表现，他从未对妻子说过我爱你。如今，女儿已经5岁，女儿也和他不太亲近。这样的婚姻基本名存实亡。

去年，他们开始讨论离婚的事，妻子说，她不想一辈子过这样的生活。妻子在学校那么优秀，肯定有不少喜欢她的男人，她想寻找幸福是没有错的。在分割财产方面，他们一直没有达成共识。妻子说随时可以离婚，只要给她一半财产。沈木犀有些犹豫不决，他的旅行社刚开了分社，需要资金周转，暂时不适宜离婚。

刚到巴黎的时候，沈木犀租住在一个只有13平方米的老旧公寓里，他来的时候是冬天，巴黎的冬天漫长。为了更好地练习法语，他选择和几个欧洲的学生一起住，他常常给他们做中餐吃，但始终无法融入他们，住了半年，就换了地方。后来他每天做三份兼职，发誓要在巴黎买一套自己的公寓。如今，沈木犀在巴黎买了公寓，买了车，旅行社又开了分店，他的经济开始好转。如果没有工作，沈木犀就会觉得自己的状态非常糟糕。

巴黎街头遍地都是咖啡馆。沈木犀进了常去的一家，他想透透气。

20岁之前，沈木犀根本不喝咖啡，刚来巴黎的时候，是穷学生，咖啡对他来说是奢侈品。后来，工作了，常跟着几个留学生泡咖啡馆，打发无聊时光。现在喝咖啡，纯粹是为了让他的中枢神经兴奋，每天下午不喝一杯就犯困。沈木犀刚进咖啡店，就撞见一个中国女孩在那里着急地说着蹩脚的法语，她语无伦次地夹杂着汉语和英语，店员一脸茫然，不知道她要干什么。

那是沈木犀第一次见才英。他至今还记得才英额头渗出的细汗珠。他走过去，用中文问："需要帮忙吗？"

才英像看到救星一样冲他笑，沈木犀至今还记得才英有点夸张的笑容。

"太好了，遇到你真是太好了。"

原来，才英刚到巴黎，手机出了问题，和巴黎的朋友联系不上，电话号码又在手机里。她急忙跑进咖啡店，想打开电脑，在电脑上查那位朋友。

沈木犀说："不用着急，先坐下来喝杯咖啡吧，会有办法的。万一不行，我帮你找住处，如果你信得过我的话。"

"我信你，因为你的嘴唇厚，是好人。"

这是才英和他说的第一句话。她的第一句话就涉及他的嘴唇。

咖啡馆有淡淡的阳光照进来，耳边是低缓的法国情歌，有一种浪漫温馨的氛围……

才英低头喝咖啡，沈木犀认真地打量着她。这个穿着素色的灰衬衫的女孩，没有太多妆容，看起来有些疲倦和狼狈，头发随意地挽了发髻，睫毛长长的，眼睛透着一种纯净的淡定，又有淡淡的哀愁，服务生倒水的时候，她微微起身，他看到了她浅蓝色的眼影。沈木犀想，应该是校园里那种普通的女生，乖巧听话，成绩不错，家庭幸福，但人又有些固执。看年龄，才英应该有二十五六的样子。不过后来才知道，才英已经30岁了。才英的脚边有两个沉重的行李箱，真不知道她是怎么拖过来的。

才英最终没有打开她的手机，电脑里也没有联络方式。才英说："没办法，只能先去旅馆住了。"

沈木犀说："你今天算是遇对人了，我带你先去一家家庭旅馆住下，是我一个朋友开的，然后再慢慢租房子。"

才英很累的样子，她靠在酒吧的藤椅上，一只手枕着脑袋，微微一笑，疲倦地说："让我先休息一下，从下飞机到现在，大半天了，我连口水都没有喝。"

沈木犀找服务生要了杯常温的柠檬水给才英，才英一口气就喝干了。沈木犀又给她要了蛋糕，才英也吃了。她喝了三杯柠檬水，吃了两块蛋糕，体力得到补充。她起身，有点激动地说："我们走吧。"

才英穿着一双平底的皮鞋，个子不高，显得十分纤瘦。

沈木犀打电话给导游安排了一下还在购物的游客，这些游客被国外称作移动的取款机。旅游结束了，剩下就是送他们去机场，他可以让店里的导游送他们过去。

气温回升，微风习习，沈木犀觉得应该帮帮这个柔弱的女子。才英在前面走，他跟在她后面，从侧面看才英的脸，比在正面还要动人。才英的发髻如果扎成马尾也许更年轻。才英的鼻子小巧，侧面看起来很好看。她走在前面，偶尔回头冲沈木犀笑一笑。

沈木犀一直不停地说话，巴黎可说的太多了。

巴黎的地皮寸土寸金，50平方米的房子，地段一般，一个月的租金也要一千欧，有阳台的更贵，厨房也只有两三个平方米，所以，你只能合租。

沈木犀说："知道海明威吧。"

才英点点头。

"他说巴黎就是一席流动的盛宴——假如你有幸年轻时在巴黎生活过，那么你此后一生中不论去到哪里她都与你同在。"

才英笑了，她说："我更喜欢艾伦说的，我爱巴黎，这座城市到处都是街边咖啡馆和精致的饭店,到处都是音乐和美酒,那么美,那么浪漫,那么有魅力。这是一座不夜城,每个人都会爱上她。"

这是才英说的最长的一句话。后来,她几乎一直在微笑。到了家庭旅馆,老板是沈木犀的老乡。恰好有一间房子,因为沈木犀的面子,老板给打了八折。

入住登记的时候,沈木犀看到了才英的名字,这个名字他一下子就记住了。才英记下了他的电话,她说:"我现在只想冲个澡,好好睡一觉,我们明天再联系。"

沈木犀说:"你的手机都坏了,不好联系吧?这样,我回去问问几个朋友,看有没有合适的房子,明天早上,我再过来找你。我帮人帮到底。"

才英感激地连说谢谢。

2

沈木犀给才英找了一处好的住处,两室一厅的房子,另外一间恰好是个二十多岁的中国女孩在住。女孩叫莉莉,见到才英,很热情地帮才英整理行李,加上沈木犀的帮忙,一切很快妥当了。

安顿好后,才英笑容明朗,说:"晚上我请你们吃饭吧,如果没有你们,我都不知道怎么办了。"

莉莉说她有事,先出门了。

只剩下沈木犀了,他有点尴尬,好像他是专门来和才英一起吃饭的。

沈木犀说:"走,我带你去吃。"

才英说:"我 18 岁的时候,就渴望来巴黎留学,可是当时父亲的生意出了问题,家里没有钱让我来。但是梦想还在,大学里我还是选了法语专业。"

沈木犀说:"你是来圆梦的吗?"

才英摇摇头,没接他的话。

她说:"你知道吗?我梦想过多次走在法国街头的情景。少女时代,我想过在塞纳河畔的小咖啡馆里看一本优雅的法国小说,我还想去地中海的沙滩上,享受热烈的阳光和美味的马赛鱼汤,总之,这次我要把我的这些梦想全部实现。"

沈木犀笑了:"你们这些文艺女青年,总是喜欢把巴黎想象成全世界最浪漫的地方。"

那天,沈木犀带她去塞纳河边的法国餐厅吃饭。在靠近窗户的位子,他们坐下来开始聊天。沈木犀看到才英在偷偷看自己,他心里有一种说不出的柔情与慌乱,为了掩饰,他笑着说:"你请我吃饭,那我请你喝酒,法国的葡萄酒是全世界最好的。"

才英笑了。才英看起来睡得不错,人很精神,话也多了不少。那顿饭吃得比较漫长。

"你一个人跑到巴黎来做什么?"

"来透透气,更像是来寻找过去的自己。在国内,生活让我喘不过气来。"才英说着脸沉下来,眉宇间有了忧愁。

他们从落日余晖,聊到了华灯初上。

沈木犀知道了才英的一些事。才英是来巴黎的一个大学做访问学者的。她说,其实就是想来法国看看。她在南方一所大学当老师。她有个青梅竹马的男朋友,谈了 7 年,本来准备要结婚的,证都领了,可准备拍婚纱照的时候,她发现她男朋友还有一个女朋友,男朋友领证的时候，也犹犹豫豫的。后来，他坦白了，说自己割舍不下才英，可是心里又想着那个女孩。才英知道，男友的心已不在她这里。领完结婚证的一周后，他们又去办理了离婚证，婚宴也退了。婚结不了了，才英感觉万念俱灰，活不下去了，觉得到处都有人指指点点她，于是就申请了来法国做访问学者。

才英轻描淡写地讲，沈木犀默默地听。点了三个菜，也没有吃多少，倒是一瓶红酒喝了大半。才英喝了几杯后，脸颊上便微微泛起了红晕，显得非常动人。奇怪的是，她一点也没有问沈木犀的事，只是频频举杯感谢他。

沈木犀一直注视着才英的眼睛，她的眼睛很大，很有光，是俗称的那种水汪汪的眼睛。才英讲着讲着目光会黯淡下来。沈木犀发现，她即使不说话，眼睛也是会说话的。沈木犀望着她的眼睛，有一瞬间仿佛陷入其中。这个心里有伤的女子，让他十分怜惜。从看到她的第一眼，他就被她深深吸引，她好像有种魔力，他看才英，就像看巴黎春天盛开的花朵一样，是一种纯粹的欣赏和赞美。

才英很少对接沈木犀的目光，总是躲躲闪闪的。沈木犀拿起筷子夹一点点菜，放到盘子里，却总忘记吃。餐厅里播放着钢琴曲，周围人都在小声说笑。他们喝完一瓶红酒，沈木犀带着才英去看夜晚中的塞纳河。

夜晚的塞纳河是一个天然的画廊。阳光隐退，那些知名的或不知名的建筑闪烁着五彩缤纷的灯光，来来往往的游艇驶过，犹如一道道流星的光划破夜空。桥下船只经过，桥上便有人发出尖叫，穿过一座桥，就仿佛穿过了一片欢乐的海洋。

才英说："真没想到，夜晚的塞纳河如此迷人。"

沈木犀说："等到月圆之夜我再带你来，你会觉得更美。"

"看到巴黎的月亮真会想到故乡吗?"

"会。尤其是我父亲去世后,我会经常看着月亮想念祖国。"沈木犀说。

他们边走边聊,偶尔目光交汇一下,内心犹如夏日的微风,清凉舒爽。

夜深了,沈木犀送才英回去。到了才英楼下,才英拿了包转身上楼,沈木犀望着她的背影,犹豫着要不要问她还缺什么生活用品,毕竟她是在人生地不熟的巴黎。但他还是没叫住才英,他怕她误会,一个男人无端给一个女人献殷勤是很有嫌疑的。他站在才英的楼下,摸出一根烟,抽了两口,再抬头望才英的窗口,灯亮了,才英已经到了房间。

突然,才英从窗户里探出脑袋。

"沈老师,你怎么还没走?"

沈木犀熄灭烟,很不自在地说:"我就是烟瘾犯了。"

沈木犀开着车,看着夜色中灯火璀璨的巴黎,吹起了口哨。直到把车子停好,他才发现自己焕发了一种青春活力,这种感觉像是18岁那年发生过。

在巴黎,他已经习惯了一个人生活,每天一大早去公司,中午吃外卖,晚上在家里看电影,或者独自去兜风。朋友家有聚会,他偶尔也会去蹭饭。有时候,他会开车去看看孩子。女儿5岁,说着一口流利的法语,中国话只会最简单的几个日常用语,他每次和她说普通话,而她总是用法语回答他,这孩子的故乡已经在巴黎了。

公司有两个90后的导游,说他是30岁的面孔,60岁的心脏。是的,他也感觉生活陷入了一种无所谓的状态,他好几年都不发火了。有一次，他开车去看女儿，看到妻子家里有男人的西装和皮鞋，他也没有发火。当初分居也是妻子主动说，我们分居吧，我有男朋友了，他们就分居了。本来也没有多么地爱彼此，何必大动肝火。现在，他顺其自然听天由命了。

有人曾经建议他把100平方米的公寓出租两间，他一直不置可否。多一份收入自然是好的，只是他习惯了一个人生活。他对他的公寓是有感情的。他开车走遍了欧洲，去了很多国家，在旅途中，总会想起公寓的沙发。他经常会躺在沙发上看书，旁边放一杯咖啡。公寓是他用在法国奋斗10年的所有积蓄购买的，他迟迟和妻子不办理离婚的原因，也是与公寓有关。妻子希望他把公寓卖掉，给她一半的钱，他总是犹犹豫豫。这公寓是婚前买的，在买公寓之前，他几乎每年都在搬家，他有点讨厌搬来搬去的生活了。

在法国过了10年动荡的日子，直到30岁，才算安稳下来。年轻的时候，每天兼着两份工作，但对生活还是有憧憬的，有时候搬家，还会有种抑制不住的兴奋。年轻总归有梦想，至少有让父母过上好日子、在巴黎买一套大房子的梦想。所以，那时候，他不讨厌换城市，不讨厌搬家，不讨厌接触新人新环境。他幻想着，也许妻子不会再要求卖掉公寓，和他离婚。

这天晚上，沈木犀失眠了，他辗转反侧，眼前挥之不去才英的样子，他想着再次见她的情景。他见到才英的第一眼，就怦然心动了，他知道，他心里有些以理智维持的东西要被她冲垮了。

这样的感觉已经好久没有出现了。来法国十几年，沈木犀觉得自己已经很老了。他为自己的失眠而激动，或许是长久关闭着的心门，突然被才英脸上淡淡的哀愁给推开了。

沈木犀点了一支烟，他很想给才英发个信息，问问她睡着了没有。

一看时间，已经半夜一点半了。

想来想去，他还是发了一条信息给她。

3

又过了几天，一个下午，沈木犀在一个书店意外地遇见才英。

才英看到他，显得很激动，她正在挑法语杂志，沈木犀却刚进门。莉莉和才英一起来的，她中途有事走了。

他们在书店待了半天，边挑书，边有一句没一句地低声说话。期间，才英接了一个电话，说她下午约了一个女孩去看电影。

沈木犀说："我恰好也要走，你怎么走？"

才英说："我步行过去，不远。"

沈木犀没开车。他说："那我陪你走过去。"

"你是怕我迷路吗？"才英笑了。

她的侧影真美。

"是啊，我刚刚来巴黎的时候也经常迷路。"沈木犀看着低头挑书的才英，轻声说。

他和她靠得很近，甚至他能闻到她头发散发出的馨香。他发现自己有点紧张。才英挑好书，他们走出书店，一路走着，两个人都没有说话，但并不觉得不自在，才英偶尔会回头看一下他，沈木犀总会冲她微微一笑。才英今天穿着棉质的碎花裙，看起来十分清纯。

很短的一段路程，不到一刻钟就走到了，在路口，一个中国女孩冲才英挥手，才英笑着说："我到了。"

沈木犀点点头，很想说，晚上一起吃饭吧，可是欲言又止。每次见到才英，不知道为什么，都会有些慌乱，怕说错话，怕才英再也不搭理他。他不能确定才英对他的感觉，才英好像对谁都那样微笑。她是否在意过他，他很想知道。

偶尔才英发了微信，他会点赞，或者他发了微信，才英也会点赞。

他一直看着才英的背影消失在街角，才感到有点饿，打算去中餐馆吃一碗面。

接下来的几天，沈木犀特别忙，旅行社的游客突然增多，沈木犀带团去了一趟法国南部。在路上，他看才英的微信，才英的微信每天在晒美食、晒风景。沈木犀看她去了巴黎圣母院，很开心的样子。微信近在咫尺，但是他不敢贸然发信息问候她。他一遍遍地翻看才英的所有微信朋友圈，包括在国内，通过微信，他完全判断出了才英简单而阳光的生活，她会去喂流浪猫，她会把路边被人丢弃的花带回家精心呵护，她会带着学生去踏青，她每晚都会去跑步，她喜欢下雨天……

他决定回去就去看她，可是不知道用什么理由找她。

才英主动和沈木犀联系，是一周以后，她发微信问在法国的旅行线路。

时间恰好是饭点。

沈木犀问："你吃饭了吗？"

"还没有。"

"那一起吃饭，边吃边说吧。"

才英在她访学的大学门口等他。沈木犀开车过去的时候，才英正在东张西望地找他，她今天穿了一件棉质的旗袍，看起来清纯脱俗。沈木犀下车，走到她面前。

才英冲他灿烂地一笑,她的眼睛永远那么炯炯有神。沈木犀打开副驾的车门,示意才英入座,然后关上门,他感觉自己的心扑通扑通地跳着。

关上车门,才英转头看了他一眼,脸突然红了。估计才英看到了沈木犀俊朗的外表。沈木犀多年阅读的习惯,好像眉宇间都渗透进去了。

车子里突然有一种被施了魔法的感觉,街上的喧哗全都听不见了,沈木犀急忙打开音乐,他想让气氛轻松一点。关上车门的一瞬间,仿佛世界安静下来,歌声回荡,气氛醉人。

如果你不曾存在

告诉我,我为何要存在

为了在一个没有你的世界漫步

没有希望,没有留恋

如果你不曾存在

我试图虚构爱情

一如画家看着笔下的画面

每天生成的色彩

不再会回来

如果你不曾存在

告诉我,我为谁而存在

……

才英突然有点激动。

"你也喜欢听这首歌?你知道吗?这是我最喜欢的法国情歌,

《如果你不曾存在》。"

沈木犀也有点激动,这也是他最喜欢的歌。他经常反复地听,充满磁性的男中音,使他感觉心会沉陷进去。

他们一直在听歌,才英没有再说话。

直到沈木犀问:"今天带你去吃中餐吧?"

才英说:"好,我早上一直在听法国戏剧的课,真是有些饿了。"

"法国的夏天来了。"沈木犀说。

"是啊,幸亏热了,不然我带的旗袍和裙子都穿不出来了。"

他们来到一家餐厅,走过幽暗的楼梯,上楼的时候,沈木犀无意间转头看了一眼才英,仿佛有电流穿过,才英打了个趔趄,差点摔倒,沈木犀伸手拽住她的胳膊。他们推开餐厅的门,豁然明亮,这是一家十分考究的中餐厅,餐厅里饭香四溢……

他们坐到靠窗户的位子。才英看着窗外的大树,目光悠远,沈木犀不知道她在想什么。沈木犀点了几个菜,没想到正合才英的口味。吃饭的时候,才英的话很多,当然主要是问法国的一些旅行线路。沈木犀穿着灰色的西装,感觉餐厅有点热,他脱下外套,他的身材保持得好,180厘米的身高,体重一直在160斤左右,显得干净清爽。才英问的线路,他都一一作答。

后来两人寒暄几句,才英突然问:"你和我差不多大吧?"

这是才英第一次对沈木犀的个人情况提问。

沈木犀有点激动。他说:"我大概要比你大一些,我是70后。"

才英笑了:"你们男人怎么都这么经得住岁月啊?"

沈木犀说:"岁月在心里。"

才英突然不说话了。

沈木犀低头吃菜,他的余光感觉到才英偷偷看他。他抬头,恰好遇见才英的目光，才英笑笑。才英旁边的牛肉，离沈木犀有点远，才英用筷子夹起一块肉，在空中犹豫了一秒后，把肉放到了沈木犀的盘子里。沈木犀的心里仿佛有只羚羊蹦跳，忙说："谢谢。"

沈木犀举起果汁，和才英干杯。

他说："如果你有时间的话，我周末会去法国南部，你可以搭我的车一起去。"

"方便吗？"

"方便。"

才英说："那太好了，先说好了，你开车，我请客。"

才英是个大气的女孩子，从说话、买单很多细节都能看出来。才英对法国南部有浓厚的兴趣，她一直滔滔不绝地说她看过的法国的电影，沈木犀第一次发现她挺能说。那天吃完饭，才英拿起手里的包，走了两步突然回头说："沈老师，你真是太好了。我遇见你，真是太有福了……"

沈木犀有点不好意思，他的心怦怦怦地跳，忙拿起餐桌上的手机，来掩饰自己的不知所措。

那天晚上，沈木犀讲了很多他在法国的经历，读书、打工、兼职、开公司，还讲了在法国多年的有趣经历。才英一直在静静地听着，偶尔会微微一笑。沈木犀不是特别幽默的男子，但偶尔也有几分风趣，让气氛瞬间柔和放松。她很少发表评论，只是说，每一个留学生，在异国他乡都有一部心酸史。

期间，沈木犀接了一个电话，公司有点事，他得赶回公司。才英一听沈木犀有事，就很识趣地说她也有些事。沈木犀坚持把她送到住处，才英示意他停在巷子外面，她走进去就好。

道别的时候，沈木犀摇下车窗，才英礼貌性地说："沈老师，再见。"

"咱能把'老师'两个字去掉吗？以后喊我木犀吧，他们都这么喊我。"

"木犀……"

沈木犀点点头，突然对才英产生了依依不舍的情愫，笑了一下说："周末的事别忘了。"才英又笑，她那么随和地笑，估计学生们很喜欢她吧。沈木犀开车离开时，他从倒车镜看到，才英一直目送着车子。或许这就是牵挂吧，他心里产生了一种久违的感动，差点掉下泪来。也许才英对他是有好感的吧，沈木犀想。

晚上，沈木犀回到家里，刚洗了澡，打算躺在沙发上看会儿电视，没想到才英又发来短信："木犀，我有点拉肚子，不知你那里有没有药，如果有，我过来取。"

沈木犀回："有。我20分钟后到你楼下，你先倒上开水，等水温了，你就能吃药了。"

沈木犀穿了衬衫，就往下跑，他离才英住的地方不算远，但是有几个路口的红绿灯比较让人讨厌。不过，晚上11点后不堵车，10分钟应该可以赶过去。他把车开得飞快，到了才英住处，才过了16分钟。他敲门，才英打开门，看样子她也刚刚洗了澡，还穿着宽松的粉色睡衣，外面套着一件格子衬衫。

"给你添麻烦了。"才英抱歉地说。

沈木犀第一次走进才英的房间。房间只有15平方米的样子，一张小床、一个书桌、一个衣柜，桌子上堆着一些零食和书籍。房间还算整洁，才英还是手忙脚乱地收拾了一番。

沈木犀说："快把药吃了吧。"

才英给沈木犀倒了一杯茶，沈木犀看着她吃了药，茶只喝了半杯,他想起身告辞。

才英忽然问:"你会修电脑吗?"

"会,你算是问对人了,我大学里学的就是计算机。"

"那你帮我看看。"

沈木犀打开电脑。才英的电脑桌面上居然有一张他站在塞纳河畔的照片,这个发现令他激动万分,那照片显然是偷拍的。

难道才英也在意他?

沈木犀趁着才英转身,打开照片,是他和才英那天去塞纳河散步,才英偷偷拍的。当时,才英假装拍风景,他没想到在拍他。

才英削了苹果,把一半递到沈木犀嘴边。

他们有一搭没一搭地说着话,大半夜,他来才英的房间,怎么说都有点暧昧。电脑中毒了,他杀了毒,又装了新的杀毒软件。电脑恢复正常时,已是凌晨一点,他匆匆离开。

那半杯茶,让他一晚上没睡着。

4

沈木犀要去波尔多办件小事。初夏时节,正是法国最美的时候,他也想带着才英出去走走,他们开车从巴黎西南沿卢瓦尔河谷南下。

卢瓦尔河是法国境内最长的河流,自中世纪到文艺复兴时期,河谷两岸建造了许多雄伟而奇异的城堡。最美的一段便是中游河谷,河流两岸有许多别致的小山丘,山丘上到处是森林、田园和花草,那些古老的城堡就掩映在绿树丛中。

沈木犀说:"我们熟知的巴尔扎克、大仲马、达·芬奇等都十分喜欢卢瓦尔河谷,达·芬奇更是在这里度过了他最后的时光。"

沈木犀的车子开得很慢。

才英坐在副驾上,一直安静地看看窗外的风光。窗外基本是平原,大片绿色田野,一派夏日田园风光。偶尔她发出感叹。

"这里真的很美。"

高速路上,沈木犀很少关注身边的才英,偶尔转头,最先看到的是才英长长的睫毛和小巧的鼻子。他每次转头,都发现才英的脸蛋红扑扑的,她大概是有些紧张。偶尔他们目光交汇,才英的眼睛总是像受惊的小鹿一样,瞳孔里全是他。沈木犀把音乐调小,他觉得此刻的音乐声音太大会惊扰他内心的涟漪。如果没有音乐,在这狭小的空间,真的会有点不知所措。

才英今天化了淡妆,穿着碎花长裙,头发披着,很休闲的装扮。

他们这天的话题是中法文化的差异。

其实不说话,沈木犀和才英待在车内小小的空间里,也非常默契,没有任何的不自在。才英身上没有香水味,偶尔他转头,闻见的是她头发上淡淡的洗发水的味道。

沈木犀说:"法国的商店在节假日是全部停业的,因为店员也要过'La Fete'啊,国内则是会趁节假日大把捞钱吧。还有,法国人晚饭吃得很晚啦。对了,摩托车路上飙车不限速,法国人崇拜作家和艺术家……"

才英说:"喝点水吧。"沈木犀随身带着杯子,还有热水壶,这是他每次出门必须带的,他自己在法国这么多年,喝茶的习惯一直没有改。他爸,他爷爷,都是早起一杯热茶。在法国多年,他也一样。

才英帮他拧开杯子,把水递到沈木犀手边。当沈木犀的手接触到才英的指尖时，沈木犀有触电的感觉，才英急忙收回手，拢了拢刘海儿。

沈木犀喝了一口水，心里像是喝了百年陈酿，又像是身处幻境之中！他努力使自己保持平静。他再次转头，才英的脸颊绯红，她没有转头，估计害羞了。沈木犀已经很多年没有见到脸红的女孩子了，才英这个年纪还能脸红，真是稀罕。

他们到达一个安静的小镇时，已经下午一点多了，街道上的餐馆都没开，沈木犀去食品店里买了些食物和热咖啡，和才英坐在大树下的长凳上，简单地吃了午饭。

"法国的小镇真的很美。"才英说。

吃完后，才英提议去小镇上走走。

沈木犀说："这样的小镇，沿途很多。"

才英有点不相信，用有点撒娇的口吻说："是啊，你是见怪不怪，可是我真的觉得这里很美。"

沈木犀陪才英在小镇上走了一圈，才英一直在拍照。

沈木犀偷拍了几张才英的背影，她的背影真的很美。

再次上车，沈木犀说："如果你还想去香波堡，那么我们必须抓紧时间。"

才英点点头，沿途的很多小镇，让她惊叹不已。终于到了香波堡，他们停下车子，到售票处才发现窗口紧闭，这里刚刚停止售票。

才英笑了。

"现在我们只能望堡兴叹了。"

她笑起来简直像一朵初开的玫瑰。

沈木犀脸上露出迷人的微笑。

他说："走，我带你去周围转转。"沈木犀说着伸出手，拉上了才英的手，才英犹豫了一下，就跟着他去了。他们的手牵在一起，现在，沈木犀所有的心思根本不在面前的古堡上，而是在才英的手上。才英的手很柔软，手心里有汗，他们围着城堡转，手一直没有分开。才英也没有提拍照，手心里的幸福好像超越了这里的一切美景。

　　天色暗淡下来。他们从后面眺望香波堡，365座烟囱和交错林立的华丽塔楼，堆砌出童话般的梦幻感受。才英的手和他的手紧紧地牵在一起，沈木犀心里面热乎乎的。看着才英小巧的鼻子，他忍不住俯身在才英的额头上亲吻了一下。他鼓足勇气，慢慢地把才英抱在怀里，才英比他想象的还要娇小。

　　沈木犀低声说："才英，我喜欢你，第一次见到你，和你四目相对时，我就知道，那不是相遇，是归来。"

　　才英的脸像一朵娇羞的水莲花。她有点轻轻地颤抖，她想挣脱他的怀抱，她轻轻地挣扎。

　　沈木犀看到才英眼角有泪珠落下。

　　沈木犀捧起她的脸，他们四目相对，沈木犀近距离地注视着才英的脸，这个小巧的女人，眼神的淡淡忧伤，让他魂牵梦绕，他抚摸着才英的脸颊。

　　"才英，才英，让我爱你吧……"

　　才英已经无力反抗，她的泪珠不断地滚落。

　　"知道吗？木犀，我已经好久没有听到有人对我说爱了。"

　　"哦，才英，我爱你……"

　　沈木犀说着猛烈地吻住了她的唇。才英被沈木犀的霸道所震撼，她紧紧地抓着他的衣服。渐渐地，沈木犀感觉到了她的回应，在香波堡美丽的灯火中，他们感受着彼此的甜腻、柔软……除了彼此的心跳,他们听不到任何的声音,仿佛周围的欢笑声、流水声、风声都停止了……

晚上,他们住在了舍农索堡附近的宾馆。上楼梯的时候,沈木犀没有放开才英的手,在口袋里窸窸窣窣地摸房卡时,他还牵着才英的手,一直没有放下。进门的瞬间,他们就知道接下来会发生什么,他们没有开灯,看不到彼此。沈木犀扔下行李,关上门,一把把才英拉入怀里。他们紧紧地抱在一起,感受着彼此轻轻的战栗、怦怦的心跳。

沈木犀说:"才英,我想爱你,我从来没有这样疯狂过,我要爱你……"

沈木犀寻找才英的唇,嘴唇落在她的脸上、她的脖颈、她的额头,他听到才英急促的鼻息声,她的舌头纠缠着他的舌头。

才英抑制不住的喘息声,令他着迷,兴奋……

沈木犀很用力地把她推倒在床上,他们忘情地融为一体……

不知何时,沈木犀听到才英的肚子在叫。

才英笑着说:"我饿了。"

这是疯狂的一天,对于他们来说,是永生难忘的日子。

才英说她已经很久没有做了。

沈木犀说:"我也是。"他和妻子分居后就没有发生过关系。这几年,他的生活失去目标,常常自相矛盾,过着不知道如何是好的生活。他是个伪单身汉,经常一个人,有时候,站在空气凛冽的巴黎街头,突然想痛哭一场。

沈木犀说:"知道吗?才英,我曾经渴望过有一天,有人可以拥抱我,有人会紧紧地握着我的手,会紧贴着我入睡,或者彼此进入各自的身心,可是,我一直没有这样的冲动,我以为,自己提前衰老了。"

沈木犀还要说什么,被才英用亲吻制止了。才英用手臂环绕着沈木犀,她的嘴唇如此柔软,他们爱抚、黏缠,沈木犀翻转才英的身体……

房间里弥漫着旺盛的荷尔蒙的味道。

不知道时间过去多久。

他们穿好衣服,走到大街上,沈木犀俯下头,轻轻地吻了一下才英的唇。这是巴黎街头常见的亲吻场景,沈木犀却从来不知道它的美妙。

这天,他们吃完宵夜,都不觉得累。才英说:"去街上走走吧。"他们手牵手,像多年的恋人一样,走在这个陌生的小镇。

才英和他说了很多话。

"我的父母感情不好,他们没能给我一个让我踏实的家。母亲是搞翻译工作的,常年在外奔波,父亲也经常出差。我小时候,经常被他们送到外婆家、奶奶家,甚至邻居家,总感觉他们会抛弃我。在我17岁那年,母亲因为交通事故去世了,去世前她告诉我,父亲早在外面有女人了,因为怕影响我,一直没有离婚。她让我不要怨恨父亲,她叮嘱我,永远不要相信男人的话,永远只相信自己。我不懂母亲的话,那时候,真的太小了。父亲很快再婚,我被寄养在爷爷奶奶家,又转了学,非常孤独,整日郁郁寡欢。那个时候,我遇见了我的初恋,你知道吗?我过去10年,用全部的身心爱着我的初恋。我们虽然是男女朋友关系,但大多数时间不在一起。他去美国读博士,一读就是5年,我一直等他,他不在的日子,我也会很寂寞孤独,可是,我从没有做过对不起他的事。我们见过双方家长,有很多共同的朋友,大家和我一样,都感觉我们永远会在一起。可是事实呢，分手前，就是我们准备结婚的日子，我发现他不再和我亲密，后来他和我说，他爱上了别人，我能怎么办？去死吗？死可以解决问题吗？所以我只能自己救自己，我申请来法国，我想逃离那些同情我的目光。其实，我现在出国，是很不合时宜的。我马上要评职称，手头正在编撰一本书，事业稳定，我来法国等于又退回去了，再说，我多年不说法语，我承认我是要逃出来的……"

沈木犀说："才英，知道吗？你出现在我的生命里，就像阳光穿透云层，给予我明亮的生命，让我忘记忧愁，不再孤单。如果你不曾存在，也许，我就这样浑浑噩噩地过完一生，但是，你来了，你照亮了我的生命……"

才英从身后紧紧地抱着沈木犀，她睁着水汪汪的泪眼，仰头看着激情澎湃的沈木犀，轻声说："木犀，我爱你，此刻，我们在一起，多么美好啊……"

世上最好的爱情，就是你爱的那个人，恰好也爱着你。

沈木犀没有再让才英说话，在陌生的法国南部小镇，月光明亮的夜晚，他忘情地吻着才英，他希望那一刻成为永恒。

5

沈木犀喜欢亲吻才英，才英樱桃般的红唇，总是那么诱人，有时候，他会忍不住轻轻咬一下。每一个夜晚，他们躺在一起，沈木犀会轻轻地吻遍才英的每一寸肌肤，他温暖的唇落在才英丝绸般的肌肤上，才英的汗毛柔软而潮湿。

才英总会说："少讨厌啊，人家会痒痒。"

沈木犀说："说点好听的。"

才英摇头晃脑就是不说。

沈木犀就变本加厉地挠她的痒痒,才英笑得都要背过气去了,终于说:"木犀,我爱你,我从未这样爱过一个人,你是第一个。"

痴缠一夜,当新鲜的阳光透过窗帘的缝隙,洒进来时,才英趴在他的身上,看着他的脸说:"木犀,在清晨的阳光里看着你,真的好幸福啊。"

"你醒了很久了?"

"嗯,我醒来很久了,一直在看着你呢。"

沈木犀把才英拉入怀中,说:"才英,让我怎么爱你啊?我都不知道怎么爱你了!"

才英说:"木犀,我突然幸福得想掉眼泪呢,为什么会在巴黎遇见你?我们前世认识吗?"

沈木犀点点头:"肯定认识,而且很熟。"

"你怎么知道?"

"我当然知道,因为我看见你的瞬间,就觉得在哪里见过。"

在遇见沈木犀以前,才英觉得男人都和她原来的男友一样,是不可信的。遇到沈木犀,就像看到了珍宝,她说:"原来这世上还有你这样的男人啊。"尤其是有一次,才英的脚抽筋了,沈木犀帮她揉脚的时候,才英差点哭了。才英是那样天真纯洁,沈木犀暗自担心,她如果知道他的情况,会不会离他而去?他很多次都欲言又止,他怕失去她,他得赶紧处理自己的事。

才英选了几节有意思的课,每天回来总会说,今天有法国男孩想请她喝咖啡;今天在教室有个法国帅哥,坐到她旁边,说她很迷人。

沈木犀听了,就说:"这就是法国的浪漫。"

才英说:"真是好神奇,没想到会有这么多的艳遇。"

沈木犀说:"才英,我的心里好酸啊。"

才英笑了。

沈木犀和才英恋爱了。像所有情侣一样,他们一起看电影,去公园,去游乐场,去逛街。沈木犀忘记自己马上要40岁了,他更没想到,他会这么疯狂。才英在法国认识了几个朋友,沈木犀偶尔也会参加他们的聚会,他们成了大家公认的一对。"你们真是郎才女貌,天作之合。"才英的一个朋友说。才英眨了一下眼睛,冲沈木犀调皮地笑了笑。

才英的室友莉莉交了新的男友搬出去了,那个男朋友据说是在酒会上认识的。莉莉3个月,换了两个男朋友,莉莉说人生短暂,追求快乐才是根本。她是来巴黎学绘画的,曾经也深爱过一个男孩,后来被男孩抛弃,她就变了。她喜欢艳遇,有时候,带才英去酒吧,一边抽烟,一边给才英讲她曾经的男朋友。如今莉莉在一家中国人开的化妆品店上班,她说:"我不需要过特别有钱的日子,就是想留在巴黎,做个工薪族,平常有画展看,有艳遇……"才英知道她是有伤痛的。

莉莉搬走后,沈木犀就搬过去和才英一起住,付另外一个房间的租金。他没有对才英说他在巴黎有房子的事,他本来想让才英搬到他的房子里,可是,房间里有他妻子的一些东西,他怕才英误会。

遇见才英后,沈木犀一直想找机会告诉才英自己的境况,可是每次看到才英那么无辜的笑容,他就欲言又止。才英访学一年就会回国,关于未来,他们还没有讨论过,他不知道才英到底是怎么想的,她愿意为他留在法国吗?

沈木犀和才英一出门,总是十指紧扣,他们也会在街上旁若无人地亲吻，他们走路总是半个身子依偎在一起。沈木犀没有想到才英会那样温柔，他甚至怀疑她是从远古穿越而来的。有时候，沈木犀看着才英，不管她干什么，都觉得心里满满的。才英选的课很少，她本来是来巴黎散心，顺便畅游欧洲的，如今却恋爱了。才英说："这是一个惊喜。"才英的厨艺虽然一般，但是，她喜欢看着菜谱给沈木犀做各种好吃的，沈木犀总是把才英做的菜吃个一干二净。才英经常会把削好的苹果、剥好的核桃放到沈木犀面前，沈木犀吃了，她会亲吻他的脸蛋，说："真乖。"

沈木犀几乎不看书，不看手机，他觉得那是浪费时间，他和才英经常会抱在一起，腻在一起。幸福的日子里，身上的肉也长起来了，沈木犀发现自己都有小肚子了。

沈木犀都没有耐心听导游们控诉大陆游客的种种行为，很长一段时间，那是他的一大乐趣，他常夸张地笑着听着，打发无聊的时光。沈木犀每天一到公司，就看着公司墙上的钟表，希望时间快点走，他让才英等他，他会想办法溜出来。才英每次见沈木犀，都会亲亲他的脸颊，沈木犀则会抱着她转一圈，然后深深吻她。

才英说："我们俩是一见钟情吗？"

沈木犀说："不是，是我先爱上你。"

才英听了，总是瘪嘴笑笑，那样子充满了得意。

恋爱中的女人总是这样傻，恋爱中的男人，也总是飘在云端。沈木犀忘记了他还有妻子和孩子，才英忘记了她即将回国。

他们在巴黎度过了一个美丽的夏季。

秋天来了。

法国的秋天是沈木犀最喜欢的季节，塞纳河边各种颜色的树叶色彩分明，天空的云彩低得仿佛触手可及，整个秋天的巴黎，在阳光的照耀下无比绚丽,像一幅厚重的印象派画卷。

他和才英经常手牵手游走在巴黎街头,从香榭丽舍大街到凯旋门,从塞纳河到埃菲尔铁塔,他们沉醉其中,感受着文艺复兴古老的文化、金色的落叶、嫣红的鲜花、湛蓝的天空,以及空气中弥漫不散的咖啡香气。

除了公司工作时间,除了才英学校上课时间,他们几乎天天腻在一起。他说:"才英,我们是不是在蜜月啊?怎么一分开,就特别想你,看见你了,还是想你。"

沈木犀说:"我经常会问自己一个问题,到底怎样才是幸福?其实,很多时候都能感觉到那种小幸福,比如,我在法国考上研究生的时候,比如打工拿到自己的第一份薪水的时候,比如回家吃了母亲包的饺子的时候,我每次回家,母亲总是给我包饺子吃……"

才英说:"那今天我给你包饺子吧。"

沈木犀笑着说:"你擀皮,我来包。"

他们在一起做什么都是那么快乐,一起吃饭,早晨起来一起刷牙,相视而笑。幸福就是那么简单。

夜深人静时,沈木犀想到必须赶紧办理离婚手续,只是这些需要时间,他想找个机会和妻子面谈。

6

一天傍晚,才英做了几个菜,还倒了红酒。干杯后,才英把拿起的筷子又放下。

才英说:"新年前,我要回国一趟,我父亲身体不好,我想回去照顾他。以前对他有太多的误解,现在才觉得,感情的事,勉强不得。"

才英说话的时候，外面下着雨，她有点忧伤。

沈木犀点点头，他说："那我陪你一起去。"

才英握住他的手，说："木犀，也许你从一开始就知道我要离开，所以我们才爱得如此甜蜜吧？"

沈木犀听了，心里有些刺痛。

沈木犀说："才英，为我留下来吧。"

"我的工作在国内啊！"才英幽幽地叹口气。

沈木犀鼻子一酸，紧紧地抓住才英的手，不知道说什么。难道才英从来没有想过，留到法国，永远和他在一起？想到这里，他有些心痛。

"才英，我想让你永远留下来。"

才英望着他，感动地掉下泪来。

"不管怎么说，我得回去一趟，春节后再回来，学习还没有结束呢，你是不是伤感得太早了。"才英调皮地说。

"在你回去之前，我想带你去欧洲的几个国家看看。"沈木犀笑了，是啊，他的确伤感得太早，才英要在法国待一年，这才刚刚过去几个月。

才英调侃说："是贴身导游吗？"

"不光贴身，而且还贴心。"沈木犀又笑了。

不管怎么说，才英要离开是事实。

一天，晚上睡觉前，才英洗完澡，裹着浴巾，突然说："今天有个法国男孩向我表白了。"沈木犀有点吃醋，瞪着眼睛说："你没告诉他，你已经有男朋友了？"心里却想着，才英长得那么古典，那么有气质，是男人都会喜欢的。想着想着，心里越发酸溜溜的。

"我告诉过,可是人家说,我不在乎。"

沈木犀气呼呼地背过身子。

才英像小鱼一样钻进被子里,从后面抱着沈木犀。

"好酸啊,被子里都是醋味。"

沈木犀只温和地笑:"才英啊,你是想让我被醋淹死吗?"

"木犀,你爱不爱我?"

"爱!"

"你爱不爱我?"

"我爱你才英!"

才英好像听不够,每天趴在沈木犀的身上,总是反反复复问上几遍爱不爱我。沈木犀总是亲吻着她,不停地说,"我爱你。"那三个字就像迷药,才英说:"这三个字包治百病。"

"木犀,让我们忘记离别,让我们珍惜在一起的每一刻。"才英说。

一天中午,才英接了一个电话,是法国的警察打来的,问她认不认识莉莉,才英就感觉莉莉可能出事了。其实她和莉莉只住了两个多月,她对莉莉还是陌生的。沈木犀陪才英去警察局,警察告诉他们,莉莉和法国男友吵架后,出门被货车撞了,至今昏迷不醒,他们想通过才英找到莉莉的家人。才英和沈木犀急忙去医院看莉莉。莉莉的法国男友一次也没有来医院探望过,莉莉一直在沉睡,医生说:"再不醒来,她有可能会变成植物人。"

才英把脸埋到沈木犀的怀里,颤抖着、痛哭着。才英说:"莉莉根本没有她说的那么坚强,她每次都飞蛾扑火般地去爱,从来没有游戏过人生。"

他们从莉莉的众多电话中,找到了她的家人,谢天谢地,莉莉在家人的照顾下，终于醒了过来。

才英再去探望她的时候，医生告诉她，她已经跟父母回国了。

时间真快，巴黎的冬天已经来了。

巴黎的冬季要比中国北方温暖得多，但同欧洲多数城市一样，缺少阳光。9月刚过，秋天便来了，夏日灿烂的阳光逐渐被阴云遮挡，天空常常是灰蒙蒙的样子。才英一个冬天都穿着裙子，外面披着一件枣红色的羊绒大衣，才英穿上大衣的样子，让沈木犀迷醉。

这天，沈木犀开车带才英去郊外。

冬日的午后，他们去了一大片葡萄园。冬天的巴黎郊外不乏绿色，葡萄园周围寂静无人，偶尔传来阵阵鸟鸣声。沈木犀把车停到路边，葡萄树上只有枯叶残存，在冬日的阳光里显出一种沧桑的美。

才英穿一条深蓝色的布裙，裙摆下露出一双小靴子。才英的脚小巧，十分好看，夏天，她喜欢光着脚，偶尔还会带一条红色的绳子做脚链。才英披肩长发被风吹乱，沈木犀又帮她拢了拢。

黄昏了，他们在辽阔的葡萄园里慢慢地走。走到一棵形状独特的葡萄架下，才英要拍照，沈木犀拿手机给她拍照，他的手机里，现在全是才英的照片。

才英感叹："美好的东西在不断地流逝。"

沈木犀捏了捏她的鼻子，说："美好又在及时发生。"

沈木犀低头，紧紧地吸住了才英的唇，他喜欢才英口里的芳香。他们忘情地接吻，直到鸟儿飞去，直到鸟儿再度飞回。

"才英，我想要你。"

才英被他突如其来的话吓了一跳，她努力挣脱他的怀抱，小声说："你疯了……"

沈木犀一把抱起才英，把她高高举过头顶，又紧紧捧在眼前：

"才英，我想你，为什么你在我面前，我还是那么想你？"

他们打开了车子，他们亲吻，他们拥抱，他们忘记了所有。等他们醒来，夕阳西下，才英发现自己枕着沈木犀的腿，沈木犀正在深情地注视着她。

"才英，我爱你，答应我，你还会来，会永远和我在一起！"

才英捧着沈木犀的脸，就那样深情地凝望着。半晌，轻轻地吻了他一下，说："木犀，我肯定会回来，这个世界上只有一个你，也只有一个我，我们好不容易才相遇，我不想失去。"

他们曾说过无数次关于长相厮守的誓言。

"才英，明年春天，我们结婚吧！"

"这算是求婚吗？"才英笑着。

"是的，等我挑好戒指，正式求婚。"

"木犀，我想和你永远在一起……"

"才英，我也想和你永远在一起……"

7

才英还有一个月就要走了，沈木犀一直在和妻子沟通离婚的事。他们像老朋友一样商量财产分割，妻子非常平静，自己应得的部分据理力争。终于在一个下雨的夜晚，他们在电话里商量妥当了。沈木犀拟好离婚协议，给妻子发了邮件，妻子说她会尽快给他答复。

没想到，第二天，他们会遇见妻子和女儿。

他和才英在街上走，才英说她回国后，准备辞职，会尽快回来，他们甚至都想好了要去定情的地方拍婚纱照。他还计划着，要去附近的小镇看一套小别墅，把未来的家安在人少的地方。才英说想生两个孩子，才英还说，要在花园里种满花草，那样可以在花间读书、喝茶、聊天……

沈木犀说："那我们周末去附近的小镇先考察考察，等你回来，希望有合适的房子。"

红灯亮了，沈木犀吻了一下才英的唇，才英有些顽皮地踮起脚，咬了一下他的嘴唇，发出了咯咯咯的笑声。沈木犀将才英一把拉入怀里，他们开始接吻，绿灯亮了，他们没有分开，直到身后响起一串喇叭声。

他们过了马路。沈木犀打算带才英去吃帕尼尼，才英很喜欢吃帕尼尼。这种长条形的意大利三明治是意大利人继比萨之后，征服挑嘴的法国人的另一项简便轻食。才英吃过那家店以后，一直念念不忘，天天嚷着还想去吃。他们过了马路，走到一个街口，沈木犀突然停了下来，他看到，妻子拉着女儿的手，朝他走来，应该是偶然相遇。女儿看到沈木犀，飞快地扑过来，喊着爸爸。

才英一下子松开了沈木犀的手。

妻子盯着才英说："她就是你要离婚的原因吧？"

才英转头看沈木犀。

沈木犀看到了才英复杂的表情。

"沈木犀，我做梦也没想到，你也会欺骗我……"

"才英，回头我跟你解释，一切不是你想的那样。"沈木犀说。

"我以为我遇到了所谓的爱。"才英说完，瞪着他看了足足一分钟，她的眼圈红了，泪水涌出来。沈木犀妻子和女儿的突然出现，对她绝对是晴天霹雳，她一直以为沈木犀是单身。才英从沈木犀手里拿过包，一路狂奔，很快消失在路口。

沈木犀追到才英住处，才英的门一直紧闭，敲门也无济于事。

沈木犀就坐在门口的台阶上，给才英发短信，打她的手机，想尽办法叫她出来，向她认错，请求原谅。但每次发短信都是得到拒绝的回复，沈木犀知道，才英已将他屏蔽。

一门之隔，却如相隔千山万水。

沈木犀在门口对才英说。

"才英，我真的没有骗你。遇见你之前，我们已经分居很久，正在离婚。你从来没有问过我婚姻的事，我也就没有和你说。才英，请你原谅我，我不能没有你……"

才英一直沉默。

沈木犀能听到才英低声的啜泣声，他想才英应该听到了他的话。

沈木犀一直站在门口，和才英解释，他给她讲这些年在法国的生活，讲妻子和女儿，讲自己的伪单身汉生活。

才英自始至终没有开门。

第二天，沈木犀又来才英楼下，不能发短信，他就在楼下站着，期待才英拉开窗帘看他一眼，听他解释。

第三天他来的时候，才英已经走了，才英一定恨死他了，她一定以为他是个感情的骗子。房东说，才英退房的时候，眼睛肿着，很憔悴。

才英走后的第七天。

沈木犀约妻子到了一家露天的咖啡馆见面。妻子看出了他的魂不守舍，看出了他的痛苦。

"怎么，那个留学生，她不知道你结过婚？"

沈木犀不吭声，点了一支烟。

妻子也点了一支烟。

"我看出来了，这一次你动真格的了，我并不是不想离婚，我有固定男友，这个你早知道。但是，孩子我必须自己抚养，不过你以后可以随时来看她。"

沈木犀点点头。

妻子把目光转向远处的塞纳河。

"知道我为什么拖着一直不想和你离婚吗？并不全是让你卖掉公寓，是因为，你从来没有爱过我。即使我给你生了孩子，你都没有爱上我……我以为你一生不会爱了，我甚至觉得你是个冷血的动物……知道我最后悔的事是什么吗？就是我爱上你，还天真地给你生下了孩子，我奢望你有一天会爱我……"

妻子终于停下了诉说，她眼角有泪珠滚落。

"对不起……"

沈木犀很诚恳地对妻子说，除了说对不起，他不知道还能说什么。

妻子突然笑了，她掏出烟，又点了一根，使劲抽了一口。

妻子在离婚协议上果断地签了字，离开前，说："既然你爱了，那你就像个爷们一样去追求你的幸福吧。"

沈木犀一直目送着这个给他生孩子的女人离开，他给了妻子这些年他所有的积蓄，那些钱可以在巴黎再买一套公寓。

才英走了，沈木犀从此坠入了绝望的深渊。

沈木犀去学校问，学校说才英请假回国了。才英没有留下一个字给他，甚至没有道别，她就那样拖着沉重的行李，去了机场，她一定是哭着离开的。沈木犀眼睛直直地看着街上的人来人往，他的心一下子空了。他整晚整晚睡不着，他自责痛苦，开始一包一包地抽烟。有时，他会去塞纳河边走，走到凌晨两三点，还不觉得疲倦。有时候，他会去他和才英初次见面的咖啡馆，到他们当初的位子上坐下，他会要一杯咖啡，一杯柠檬水，才英爱喝柠檬水。沉浸在咖啡的气息里，沈木犀看着柠檬水，设想着才英还坐在他对面，冲他微微地笑。

一个月前的深夜里，他在电脑前处理旅行社的事，才英还给他做消夜，有时候，才英会给他按摩颈椎，然后，像小猫一样钻到他怀里，坐在他腿上，静静看他打字。夜里，她枕着他的手臂入睡，身体紧紧地贴着他的，只要微微转头，他的唇会触到她的额头，她的气息仿佛还在，只是已经人去楼空……

他想着，心里依然疼痛……

沈木犀不认识才英的任何朋友，不过，他知道才英家里的电话。有一次，才英的家里打来电话，才英的手机突然没有电了，就用了沈木犀的电话。沈木犀疯了一样，去查他的通话记录，遗憾的是，时间太久，并没有查到那个号码。他想，如果才英想他，会来找他，或者会给他打电话。他的电话24小时开机，他把手机的铃声调到最大，因为时差的关系，他很担心自己睡着了，错过电话。就那样，在等待中煎熬了一个月，他瘦了整整10斤，连他们旅行社的几个小丫头都说："老大，你是不是失恋了？好憔悴哦！"

沈木犀从没有把才英带到公司，所以，大家并不知道才英的存在。

沈木犀只是微微一笑。

才英走后，除了去公司，他整天待在家里，再没有带团出去过。他害怕热闹，他想静静地待着，他不用照镜子都能看到自己的消瘦憔悴。他吃不下饭，也睡不着觉，每天都会给才英写一封信。才英有几件没有来得及带走的东西，还落在他的车上，有才英的一个包，那是她从国内带来的。沈木犀本来要送才英很多礼物，才英都没有接受，只是有一次，他们去南部的一个小镇，看到手工制作价格适中的牛皮包，才英说："木犀，你送我这个包吧，我很喜欢。"才英背了牛皮包，把原来的布包丢给沈木犀。

沈木犀当时还笑她喜新厌旧呢。

沈木犀把那个布包拿起来，他还记得，才英当时因为那个皮包，主动亲吻了他好几下，沈木犀坏坏地说："你再亲，我就要你了啊。"

才英笑了。

那时候，爱如春风般醉人……

8

才英走后的一个月，沈木犀有一天打开手机，忽然看到日期，从才英来巴黎到现在刚刚好半年时间，他对才英说过，我要爱你50年，是的50年。他当时说，我马上40岁了，如果能活到90岁，我有生之年只爱你一个。才英听了轻轻地把他搂在怀里，他们久久地抱在一起。刚刚相逢，却已成为陌路，誓言都是如此的不可信。

他依然坚持每天给才英的电子邮箱里写一封信，信有时候很长，有时候很短，始终没有见到才英的回信。但他想象着，才英会看了所有的信，有一天会原谅自己。

日子一天天过着，漫长的黑夜无止无境，他被痛苦煎熬着。马上要过春节了，母亲意外地来到巴黎，说要陪儿子过年。

母亲来了，他努力调整好自己的状态，陪着母亲逛遍了巴黎的名胜古迹，他还把女儿接来，和母亲待了两天。血缘关系是最为牢固的纽带，女儿和母亲很快熟悉，祖孙二人很快打成一片。母亲得知他离婚，并不显得惊讶，从结婚到现在，他的前妻从未陪他回国看望过母亲。母亲每天都做一桌的饭菜,她想用可口的食物安慰儿子脸上的忧伤。

除夕夜,在塞纳河畔,听着震耳欲聋的爆竹声,看着璀璨艳丽的烟花,母亲拍了拍他的肩说:"孩子,一切会好起来。"

沈木犀说:"是啊,一切会好起来。"只是,和才英在一起的每一天,依然历历在目。

春节过去,母亲也回国了。前妻说她要结婚了,请沈木犀参加。离婚不到两个月,前妻再婚,沈木犀为她感到高兴。前妻嫁给了一个法国人,是贵族后裔,婚礼很隆重,沈木犀牵着女儿的手,举着酒杯由衷地祝福他们。

前妻说:"希望下次能参加你的婚礼,我们是永远的亲人。"

沈木犀点点头。

万物再次复苏,沈木犀走过初春的巴黎,想起才英,心里依然会隐隐疼痛。如果从一开始告诉才英一切,也许结局大不一样。他怕失去才英,没有告诉才英他的现状,才让她误会如此之深。他早已看清这个世界,跟喜欢的人在一起才是目的,他只想和她静静厮守一生,如今,才英又在哪里?她会想起他吗?一定还在恨他吧?

有时候,他的耳边会幻觉般地响起,木犀,木犀,抱抱……

沈木犀恍惚间会想起才英的声音和温暖柔软的怀抱。有时候,沈木犀独自在房间里,对着才英留下的一些物品,静静地发呆,不知不觉,天,就这么亮了。有时候,夜深人静,他会独自在黑暗的花园中漫步,满脑子依然是才英的样子。开车的时候,他的车里永远只播放《如果你不曾存在》这首歌,那是他和才英都喜欢听的歌。

有时候,他甚至担心自己有一天会忘记才英,他永远也不想忘记她,他会每天看她的照片,他的手机了几乎都是才英的照片,都是随时抓拍的，有些表情并不好，可他都不舍得删除……

一个下雨的夜晚，沈木犀关灯打算睡觉，可怎么也睡不着，于是，站在窗边，点了一支烟，望着楼下出神。街道上灯光暗淡，偶尔有汽车驶过。突然，手机响起来，这么晚了，会是谁呢？是国内的电话……说不定又是哪个国内的朋友介绍来的，咨询法国旅游的。

沈木犀有点不情愿地接起电话，电话里悄无声息，沈木犀愣了一下。

"喂，能听到吗，怎么不说话？"

电话里是低低的啜泣声。

沈木犀说："才英，是你吗？才英……"沈木犀眼眶热了，眼睛模糊了，身体无法控制地颤抖。才英走后，他总是感觉一种情绪卡在喉咙里，吐不出来咽不下去，此刻眼泪狂涌而出，他突然轻松了。

"才英，我已经办理了离婚，你知道吗？你离开后，我就像行尸走肉般……"他已哽咽得不能说话。

才英更是泣不成声。

后来她幽幽地、低低地说："木犀，我忘不了你，真的，我试过各种方法，我忘不了你……"

你有时间吗

1

这是他们难得相聚的日子。

任小荣醒来的时候,丈夫赵畅明还在熟睡。秋日的清晨,阳光懒洋洋地散发出暖意,他们有两年没有来这个镇子了。镇子的变化很大,很多店铺焕然一新。小桥流水,鸟语声声,十分幽静。任小荣想让丈夫多睡一会儿。她走出客栈,坐在一棵核桃树下,要了一壶茶。

客栈前面有一条小溪,是从山谷中流下来的。阳光洒下来,溪水熠熠发光。她喝着茶,听着哗哗的水声,有些惬意地坐到躺椅上。

不是周末,镇子上的游客稀少。任小荣呼吸着洁净的空气,品了一口茶,茶是很普通的绿茶,许是水的缘故,喝起来口感很好。

她看了看手表。已经10点了。

昨晚开车来这里,都9点多了。出城的时候,赶上大堵车,不然六七点就到了。到镇子上才找的客栈。灯光幽暗,只能听见流水的声音,这家客栈靠在水边,有一座小小的石磴桥,任小荣喜欢流水人家,就选择了这里。收拾妥当,两个人都累得够呛,简单地洗漱后就躺在床上了,赵畅明轻握了一下她的手,这是他们夫妻的信号。赵畅明这是虚张声势,他刚才开车的时候,哈欠连连。任小荣说:"睡吧,今天这么累了。"

客栈的对面是连绵的青山,深沉的绿。也许是多年的教师职业,让她看起来很有亲和力,一个微笑后,客栈老板娘坐到了她的对面,和她滔滔不绝地说起家常。她们轻声交谈,但还是有点惊扰这里的宁静。

任小荣喜欢和陌生人聊天,陌生人之间最能聊出真的东西,反正聊完各奔东西,老死不相往来,相遇的概率几乎是零,往往对于彼此的倾谈是毫无保留的。

任小荣习惯性地问了句:"大姐家里几口人?"

老板娘说现在八口人,她和老公,两个孩子,还有公婆和她父母,她说她的弟弟因为车祸死了,就把父母也接来了。好在房间多,院子大,老人们之间也能和睦相处。老板娘说她只有那一个弟弟,还没有成家就……

老板娘说着眼圈红了。任小荣急忙转移话题,这么好的清晨还是远离悲伤吧!"现在是淡季吧?"她问。

老板娘点点头。

这时,赵畅明起床了。他走出房间,沐浴在阳光里,笑着说:

"好久没这么舒服地睡过觉了。"说着美美地伸了一个懒腰。

"小荣,我们出去走走吧,真是良辰美景。"

任小荣站起来,走到他跟前,尽量克制着语气,接了下面三个字:"奈何天。"

赵畅明说:"这是谁的句子来着?"

任小荣说:"是《牡丹亭》里的句子,但出处是谢灵运'天下良辰,美景,赏心,乐事,四者难并。'"

赵畅明没接话茬儿,他说:"这里的湿度真大。"

"可不是吗,这里的植被好,空气湿润、干净。"

2

他们沿着溪边的林荫小路,悠闲漫步。

远处是被薄雾笼罩着的墨绿色的山峦,山坡上的小庙,淡淡的炊烟。镇子上是低矮的房屋,正在打扫的老人,路边觅食的小鸡,懒洋洋的土狗。

"退休后,我们也来这里好不好?"赵畅明说。"你才多大啊,就谈退休的事,不过我可巴不得你退休。"任小荣瞪了一眼赵畅明。

"饿吗?"

"你这么一说,我倒饿了。"赵畅明说。

"要不我们去吃饭吧。"

"吃什么饭,先走走吧,边走边找吧!"

溪水清澈冰凉,赵畅明蹲在溪边,洗了洗手,又拍了拍脸。他说:"我醒来的时候,还想完成此次的任务呢,结果你不在。"说着,他怪怪地看了一下任小荣。

你有时间吗

任小荣说:"不着急,先养精蓄锐!"

过来人都知道,他们在谈论什么。

赵畅明俯下头,在任小荣耳边说:"吃完饭,我们就上战场吧。"

任小荣撇了撇嘴。她笑了。以前中午他们也有过,至今想起让人耳红心跳。任小荣说,反正有的是时间,明天之前完成就好。

赵畅明说:"要不我们现在就去试一试。"

赵畅明巴不得立刻完成任务,马上回城,他的公司有一大堆的事情等着他。任小荣才不会遂他的愿。

阳光悠长,空气湿润而洁净,路旁的花朵上流淌着晶莹的露珠,鸟儿们悠然飞翔。赵畅明抬头看着山上的云雾,叹了一句:"真有点坐看云起时的境界。"

任小荣挽着赵畅明的胳膊,想起他们新婚的时候,每天,她都在他的怀里醒来,夜晚的睡姿总是紧贴着。那时候两个人都在按时上下班,任小荣在为赵畅明准备早餐的时候,总是哼着歌,歌声都飘着甜蜜。

赵畅明睡得不错,他揽了揽任小荣的腰,这是他们依然保持的亲密动作。

两个人晃晃悠悠地来到一个叫作"白云深处"的饭店。这个饭店说白了就是农家的一个客厅改造的,只摆了六张简单的木质餐桌。看起来很原生态,他们找了靠街的位子坐下来。

赵畅明笑嘻嘻地说:"老婆,今天得给我补补吧?"

"补什么补,你劳动了吗?"任小荣白了一眼赵畅明。

他们要了一只土鸡,要了两个素菜、两碗米饭。很久没有这么悠闲自在地吃饭了。赵畅明平时吃饭不是在飞机上就是饭店里,任小荣总是吃学校食堂的饭。两个人一起吃饭的次数很少。

赵畅明啃了两个鸡腿,任小荣吃了两个鸡翅,他们啃着,看着对方傻笑。

任小荣说:"畅明,你说我们这代人是不是特背?"

"怎么?"

"最近有一段子,说我们80后出生的这一代。"

"哦,我看了,就说我们上小学的时候,大学是不要钱的;上大学的时候,小学是不要钱的;当我们不挣钱的时候,房子是分配的;当我们挣钱的时候,房子也买不起了。"赵畅明一口气说完。

任小荣说:"嗯,这段子里应该再加一条,我们这一代连生孩子都比别人要艰难。最悲催的是,我们的卵子和精子被互联网和地沟油给污染了。"

赵畅明听得呵呵地笑。他说:"这段子写得还真是入木三分。"

为了怀孕,他们像今天一样,去过一次郊外。那次去之前任小荣做了一个梦,梦里有个小男孩朝她跑过来,似乎要扑进她的怀里。她觉得是个吉祥的兆头,为了让赵畅明配合这个梦,她和忙得一周没有回家的赵畅明大吵了一架,使出了女人的三个绝招,一哭二闹三上吊,最后,在她的威逼利诱下,赵畅明妥协了。

那次离危险期还有两天,郊外的农家乐,正是夏天,蚊虫肆虐,任小荣花了些心思打扮自己,一到郊外才发现,她打扮得有些多余,那里光线暗淡,明月高照,她不得不在喷了香水的身体上,抹上防蚊花露水,度假村的老板不知从哪里弄来三只猴子,他们就喂猴子玩,猴子顽皮贪吃,逗得他们开怀大笑。那晚,他们也像模像样地做了一回夫妻,只是没有达到预期的结果。任小荣希望落空,从那以后,对待怀孕,她越发谨慎了。

回来后,任小荣制定了营养食谱,给赵畅明抓了补药,熬好亲

你有时间吗

自送到赵畅明的公司,看着他喝,喝了一段,赵畅明嘴上起泡,上火了,老中医给赵畅明把脉说,身体阳气很旺,根本不需进补。

她有些怨恨赵畅明,精力旺盛的他,怎么就没有时间生孩子?

任小荣正啃着鸡翅,赵畅明的手机响了。她眉头皱紧,忍住了。赵畅明接完电话,放下手机,一本正经地说:"公司有个棘手的事必须赶回去,拖到明天就更不好办了,我就说不该来这么远,哪里的床都一样。"

任小荣面无表情地说:"不是说好了,把你那破手机关了,你怎么不听?"

赵畅明说:"我一直是关着的,刚刚打开看了一下时间,电话就进来了。不接也不行。"

接了电话,就得回去办事。任小荣只得坐上赵畅明的车,匆匆回城。

任小荣没坐副驾的位置,而是坐在了后面。在车上,她一句话也没说,她心里有一万个不痛快。她一直看着车窗外,目光空洞、神情恍惚、心不在焉。她此行的目的没有实现。她紧紧地攥着手机,恨不得把手机攥出个洞,她得找个发泄的物件,不然她真的会崩溃。

两个人一路沉默,赵畅明没放音乐。他们沉浸在各自的心事里。

赵畅明把任小荣送回家,分别的时候,任小荣很严肃地叮咛:"记得别喝酒,别抽烟,晚上早点回来!"

赵畅明急忙立正,给任小荣敬了个礼:"遵命,夫人。"

任小荣这才笑了,她不能把气氛搞僵。非常时期吵架,是有百害而无一利的。

3

  任小荣刚走进小区，就遇见他们文学院的老教授两口子，教授老伴有意无意地往她肚子上瞄了一眼，这老两口和认识任小荣的所有人一样，都更关心她的肚子状况。任小荣习惯了这样的眼神，她微笑转身，心里却酸酸的。

  近来，任小荣觉得自己的肝火越来越旺，早晨一睁开眼睛，摸一摸身旁空空的枕头，她的胸膛会瞬间升腾起一团热火，一团让她心烦意乱的火。那火烧光了她对生活的热情，她觉得日子一天比一天无聊，她过得犹如行尸走肉，做什么都打不起精神。她几乎从不和认识的同学、朋友联系，她一直沉浸在自己的孤独里。

  赵畅明自从当了几十个人的公司老板，整天早出晚归，经常不着家。他们很少一起吃饭，很少同一时间睡觉、醒来。赵畅明每次出门都说，"不用等我，我晚上不一定回来；我要去出差帮我准备换洗的衣服……"或者什么都不说，连个电话都没有。一方面，在外人看来，赵畅明是个成功的小老板，工作上如鱼得水，各种饭局应付自如，介绍起项目口若悬河，天花乱坠；另一方面，他的烟瘾和酒量与日俱增，脾气越来越火爆，几乎没有什么耐心，就连任小荣过生日，他都赶不回来，只在电话里说，喜欢什么就去买，别和钱过不去。

  任小荣32岁，赵畅明34岁。他们是读研究生时认识的，恋爱也是从校园开始的。他们属于前80后，经历十年艰苦卓绝的奋斗，打拼出了自己的事业，美中不足的是，他们没有孩子。

  任小荣回家后睡了一觉，醒来后，坐在阳台上，倒了杯红茶，

你有时间吗

漫无目的地看了看窗外，下班时间，街上闹哄哄的，从 28 楼的高空看下去，街上黑压压一片。再看看天，雾霾刚刚散去，依然看不到蓝天，她有点窒息，重重地吸了一口气，心里压着几块石头似的。

如果当初他们选择小城市，说不定早就过上了想要的生活，她忘记她想要什么样的生活了。不管怎么样，生活里必不可少的是孩子。他们至少有一个孩子了，有个小可爱天天围着她，喊她妈妈。

备孕两年了，她的肚子一直没动静，准确地说，她和赵畅明像两条平行线，无法交汇，那能怀孕才怪。

科学表明，女人最佳生育年龄是 25 岁左右，最好别超过 28 岁。任小荣已经超龄，她知道自己的生育能力下降。为了不浪费卵子，她像书上说的那样，买了排卵试纸，买了本《怀孕宝典》。如今，她每天研究同房时采用什么样的姿势有助于受孕，采取什么措施能增加精子数量，提高精子质量，哪些食物可以提高生育能力。她照着说书上说的，逼赵畅明吃高蛋白的东西，吃各种坚果。她自己也锻炼身体，保养卵巢，练习瑜伽。

起初的几个月，赵畅明很配合，有一个月任小荣例假推迟，她以为成功了，结果却是月经不调。任小荣吃中药好不容易调理好例假，赵畅明那边却越来越忙了。

有一次，婆婆打来电话说："现在食品不安全，蔬菜农药超标，空气污染严重，你们又被电脑、手机天天辐射，要有健康的身体，得多锻炼，少在外面吃饭。"任小荣听得啼笑皆非。婆婆说话从不正面说，总是旁敲侧击，斟酌字句，她看来已经很着急了。

为了让老人安心，任小荣说："现在压力大，没时间要。"

他们曾经怀过一个孩子，当时任小荣要读博，不读博，在高校根本没法待下去。任小荣忍痛流掉了。她想，她还年轻，很快会再有孩子的。当时他们谁都没有在意。

4

晚上6点,赵畅明打来电话,说要陪客户,不能回来吃饭,他说尽量10点前赶回来,让任小荣自己吃。

任小荣发了短信:"请不要喝酒……"

任小荣在喝酒的后面用了省略号,赵畅明知道其严重后果。

赵畅明不喜欢喝酒。他骨子里喜欢简单的生活,不认识的人,初次见面,都觉得他像老师,他高大俊朗,脸上充满了书生气,赵畅明的父母均是大学教授,他从小学习优异,没有受过任何挫折。他的经历和任小荣相似,任小荣的道路也是顺风顺水,一路平坦。她唯一的压力,是学业的压力,有时候她做梦都在考试,现在终于不考试了,她想着可以过悠闲的日子了。没承想,新的烦恼又接踵而来。是谁说,生活是一个个理想的坟墓?

手机在响,是婆婆打来的,任小荣犹豫着要不要接。

婆婆和公公均是大学教授,他们是中华人民共和国成立后从苏联留学回来最早的海归派。他们对她讲话从来都用书面语,比如春节去看他们,会说:"小荣,快请坐,路上很辛苦吧,先喝杯茶。"

客气得让任小荣有时候觉得,自己和他们一毛钱的关系也没有。如今婆婆也着急了。任小荣真不知道怎么和婆婆说这事。

两个月前,婆婆也打来电话,客客气气地说了几句闲话。什么工作忙吗,身体好吗,有没有出差,注意营养搭配,然后话锋一转,说:"小荣,你们备孕也有些日子里,要不要去医院检查检查?"

任小荣正在和赵畅明为喝酒的事闹别扭,随口就说:"最近畅明

你有时间吗

特别忙,整天不着家,天天喝酒,您说怎么要孩子?"

教授退休的婆婆是何等聪明,她马上明白了儿媳妇的意思。

婆婆说:"这样啊,我来和畅明说。你们可别为这吵架,这个事心情也很重要。"

任小荣有些感动,婆媳间到底隔着一层。

她说:"没事,您二老也要注意身体。"

婆婆的话果然管用。有一段赵畅明不再喝酒、抽烟,虽不能按时回家,但一回家,会有些温存的言语,老婆老婆地讨好任小荣。为了保证中标率,他们计划着排卵期一起去周边短暂旅行。

他们还一同去咨询生殖科的医生,医生说你们最好平时不要同房,这样排卵期容易怀孕。两人听了,相视一笑,现在,他们一年也没几次正儿八经的房事。赵畅明工作太辛苦了,他回到家就像一只受伤的大象,趴在床上,一动不动。任小荣也心疼。

他们连吵架的时间都没有。以前为各种鸡毛小事,他们都能争得脸红脖子粗,就是在外面吃饭,为点菜,也你一句我一句地互不相让,在旁人听来像说相声的。两个人的口才都极好。赵畅明在大学时期是校辩论赛队的。任小荣说话也常常噎得赵畅明半天一句话都答不上。现在赵畅明话越来越少,他的话,白天在外面说完了。

任小荣接了电话。

婆婆说:"畅明怎么不接电话,我给他打了三个,他都没接?"

任小荣说:"可能在陪客户吃饭!"

"怎么天天陪客户,这样下去,身体怎么吃得消?工作和生活要分开的,不能混为一谈。"

任小荣听了,本来想说他天天都这样,又觉得有告状的嫌疑,就说:"妈,畅明他挺好的,就是特别忙,过段就好了。"

婆婆听了说："你早点休息。"

婆婆挂了电话。任小荣长长地出了口气。

七点多了。她打开电脑，登上 QQ，就看到一高中同学的头像闪烁，任小荣打开对话框。

"姐们，有了吗？"

任小荣说："无果……"

"加油啊，我吃了半年的中药，肚子也没动静，前几天，终于查明白了，是我老公的精子活动性差。他×的，害得差点喝伤我的胃。"

说话的这个同学，也和任小荣一样，准备怀孕，积极造人，人家老公随时配合，一两年了，也没什么动静。

任小荣现在害怕涉及这个话题，可走到哪里似乎逃也逃不掉。同学和她的父母住在同一个小区，如果和她说细节，那一定传得满城风雨。她说："那你别着急，我家里有人来了，有空聊，加油！"

说完，她急忙下了。

任小荣退出 QQ，关了电脑。她叹了口气，心里有点不好受，现在大龄女普遍怀孕难，在最佳的生育年龄，都在学习，都在拼搏，在该做妈妈的时候，才开始恋爱，好不容易凑合着嫁了，怀孕又成了难题。总之一路追赶着，从没赶上点儿。

5

任小荣随便吃了点，想到这将是个难忘的夜晚，说不定梦想成真，她体内柔软的东西被唤醒，暗潮涌动。她觉得，他们夫妻已经没有激情了。想怀孕，激情很重要，她得勾起赵畅明的激情，那样容易成功。

　　她想起赵畅明三年前给她买的那件粉色的低 V 领的睡裙，晚上穿上，或许赵畅明会很高兴。她翻箱倒柜，找出一身汗，终于在旧衣服堆里发现了睡衣。衣服有些皱。任小荣喷了水，用电吹风吹干。忙完后，惹出一身的细汗，她冲了澡，在镜子里看到了光裸的自己。她姣好的面容，依然保持少女般紧致婀娜的身材，赵畅明也一直迷恋她的身体。

　　她淡施粉黛，穿上粉睡裙，竟然有初恋般的紧张。她认真地打量着自己，忽然，泪水潸然落下。她突然有点不认识镜子中的自己。镜子里的那个她，忧伤得令她陌生，她的快乐去了哪里？

　　窗外，夕阳西下，温暖的光照进来，任小荣坐在落日的余晖里看完了两本杂志，又看了会儿电视。她有点无所事事，心情颇像等待君王临幸的小妃子，充满了激动和期待。这两年，她过得有点清心寡欲。传说中的女人三十如狼，她压根就没有出现，难道是那个潜能没有被开发的缘故？

　　晚上 10 点，赵畅明还没回来，任小荣不知道自己要不要卸妆，她有点犹豫，如果卸妆后，赵畅明突然回来了怎么办？她焦急不安地看了一集无聊的情感剧，11 点，赵畅明还是没回来，打电话，手机关机。

　　赵畅明没回来，有两种情况：第一种就是陪客户唱歌去了，太晚就住公司了；第二种就是他喝了酒，不敢回来。

　　她只好卸了妆，看着镜子里的自己，悲从中来，活脱脱一个怨妇的样子。她辗转反侧，无法入睡。周身蔓延着失落的情绪，她感觉自己像一条离开水的鱼，充满了绝望。任小荣想，得和赵畅明谈谈。

夜已深了，任小荣索性坐在阳台的竹椅上，窗外霓虹灯闪烁着。大多数的人都睡了，远处的高楼里，也有孤枕难眠的灯光。这个钢铁水泥铸就的城市里，应该还有很多像她一样的女人，在孤寂中渴望着温暖吧。

6

半夜一点半，赵畅明回来了。她猜得没错，他喝酒了，而且喝了不少。

任小荣看到他歪歪扭扭地换鞋，气就冲脑门了。上上个月，她好不容易用排卵试纸测出了强阳，她给赵畅明打电话，电话无人接听。她打到赵畅明的同事手机上。同事说，赵总正在和客户谈事，手机没有电了。

任小荣说："你让他24小时以内必须回家。"那晚赵畅明回来了，带着一身的酒气。和喝醉的人争吵是无用的，任小荣又气又心疼。自己的丈夫自己不心疼，还指望谁疼呢，她像哄小孩一样，哄着赵畅明去了卫生间，给他洗了脸，又扶着他回到卧室睡下。还有上个月，关键的几天，赵畅明去韩国出差了。还有去年、前年两年，也是赵畅明忙，错过了一次又一次。

也有任小荣的原因错过几次的，有个月，赵畅明专门戒酒，就等千钧一发呢，结果任小荣的父亲突然住院，折腾了半个月，哪有心思再想别的。还有一次，关键的几天，任小荣带的班里的学生打架，她两头做学生的工作，也错过了。

今天，赵畅明又把她的提醒当耳旁风，照样喝得酩酊大醉。这个月的造人计划又泡汤了。任小荣咬紧嘴唇，她的心仿佛突然破了个大窟窿,又被人揉进了一大把碎冰碴。她忍住悲伤,假装睡着了,深更半夜和一个醉汉吵架是无用的,何况会影响邻里。

赵畅明像一堆烂泥一样趴在床上。任小荣起身关了灯,她站在床边,静静地听赵畅明粗重的呼吸,平时即使不喝酒,他回来也倒头就睡,他在外面把能量消耗光了才回来。

很多时候,他们的家,空气是静滞的。

7

任小荣一夜没睡。

初秋的夜晚,月光洒满大地,又是月圆之夜,任小荣站在阳台上,看着淡淡的月光,平复了一下心情。

她尽量站在赵畅明的立场想,他没有原则性的错误,就是忙,只有这样想,她才能原谅他。她打开电脑,查阅如何快速怀孕,网上说了很多办法,什么测算排卵期、草药、食疗、体位,还有一天受孕最佳时间是下午5—7时好,这些她都试过,她把她的烦恼告诉了一位生殖网站的值班医生,那医生说,"既然你爱人这么忙,何不人工授精呢。"任小荣又查阅了很多人工授精的知识,像他们这种身体条件不错的情况,三个月左右就可能成功了,天亮的时候,她有了一个决定,既然赵畅明这么忙,何不人工授精呢,先把他的精子冷冻起来,以后每个月可以慢慢用。几十亿个,得用一段时间。任小荣的心活络起来,她为此感到兴奋不已,同时有点惆怅失落。

任小荣躺在客厅的沙发上,想着怎么劝赵畅明去医院取精,一想到几个月后,她就成为准妈妈了,她的心活络起来。她有点激动,脑海里想象着小儿绕膝的情景,翻了几个身,天就亮了。她恨不能马上摇醒赵畅明,告诉她的新想法。

可一看见赵畅明可怜兮兮的惨样儿,她又忍了。

她站在卫生间的大镜子前刷牙,她看到自己的眼睛发出闪闪的光,那是希望的光。她已经不生赵畅明的气了。

赵畅明醒了。他喊着口渴,任小荣给他倒了一杯蜂蜜水。蜂蜜水解酒。赵畅明喝了,靠在床头,他还想睡一会儿。

任小荣认真地看着他问:"你有时间吗?"

"怎么了?"赵畅明怔了怔,看到任小荣目光和平时不一样,像极了她在课堂上传道、授业、解惑时的样子。

任小荣刚刚当老师的时候,赵畅明偷偷去听过她的课,她站在课堂上完全像变了一个人,严谨而亲和,渊博而认真,学生都喜欢她的课。

任小荣笑了笑,把自己的想法说了。

赵畅明听了,身体微微一动,随即皱了皱眉说:"别闹了好吗?我答应你,忙完这个项目,我就专心和你造人,滴酒不沾,成不成?"

"项目什么时候忙完?这个项目完了,还有下一个,我才不信你的鬼话,而且我现在真不是闹,你今天开始戒酒,下个月陪我去趟医院。就一个小时,你只需要抽空冷冻一下你的精子,就这么简单。"任小荣严肃地说。

"小荣,你没发烧吧?我不是弱精症,我有活力很好的精子,就是太忙了。我们何必把美好的事件弄成那样,何况你多受罪!"

任小荣转过身,捡起落在地上的衣服,说:"我等不起了,赵畅明,我想了想,要顺利怀孕,只有这个办法了。"

"别这么纠结,放松点,成吗?"赵畅明起身,握住任小荣的手,把她一把揽到怀里,夫妻这么久了,这个小动作,就说明,他想了,脸也凑过来,嘴里的酒气扑面而来。任小荣闻到酒气,彻底崩溃了,她用力推开赵畅明。

"你为什么又喝酒,要知道我这个月一直在测排卵,你为什么这样对我?"

任小荣哭了。

赵畅明一下子清醒了:"昨天来了一个客户。签了合同,大家高兴,就喝了几杯,这点酒精不算什么,我们现在还能来得及!"

赵畅明最受不了任小荣梨花带雨。他又把她拽到怀里,身子压过来。任小荣挣脱开来。

她说:"赵畅明,你能不能严肃点?我们得为孩子负责,你昨晚醉得不省人事,像喝了几杯吗?"

赵畅明开始解任小荣的扣子,他意识到昨晚自己醉得有多么严重了,有时候,性是可以缓解矛盾的。任小荣抗拒着推开他。自从赵畅明接手现在的项目,他们就再没有亲密过。

赵畅明又一次把任小荣拽到怀里,他说:"小荣,忘记怀孩子这件事,我们就单纯地开心一下。"

任小荣在哭,她的脸色像一朵凋谢的玫瑰。她内心充满世界末日般的绝望。这两年,她一直郁闷烦躁,一直忍耐着。

赵畅明刚拉着她的手,凑过来,吻她抱她,他的手轻轻游走。任小荣睁着眼睛,赵畅明吻她的脖子,那是她的敏感地带,赵畅明怜爱地抱紧她……

任小荣闭上眼睛,她想让自己的大脑变成空白,不想酒精,不想孩子。

这时,赵畅明的手机响了。

赵畅明不想接，手机一直响，赵畅明离开任小荣，他找到电话。一看号码，神情严肃。他示意任小荣安静。

8

任小荣看到赵畅明咧着嘴，给客户解释合同，又说："马上赶过去。"她的手不由自主地颤抖起来，把刚刚忘记的全都想起来了，心中的怨恨和委屈交织着，心里的火山，喷发了。她突然起身，抢过赵畅明的手机，狠狠地扔到了地上，手机立刻散架了。赵畅明愤怒地看了看她，急忙从上衣口袋里拿出另外一个手机，拨了过去。对那边友好地解释："手机不小心掉地上了。"又承诺马上赶过去。

任小荣的泪涌出来，她很想扬手给赵畅明一巴掌。

赵畅明的电话打完了，任小荣一把抢过他的第二个手机，使出全身的力气，啪，摔到地上。

"我让你接电话，我恨你的所有电话……"

她忘记了自己是大学讲师，忘记了她的古典文学，忘记了贤良淑德，她砸了赵畅明两个手机，还用脚狠狠地踩了几下，她从来没有这么愤怒过，颤抖过。

赵畅明在一边冷冷地看着，他的冷漠更刺激了任小荣的神经，她随手拿起手边的青花瓷瓶，砸了下去。

那个青花瓷，是他们在景德镇新婚蜜月的时候买的唯一一个物件，当时经济窘迫，他们勒紧裤腰带，攒钱还钱。他们结婚买房借了一屁股的外债。公公、婆婆虽说是高校老师，手里也没有多少积蓄，只帮他们凑了首付。

恋爱的时候，他们没有钱，赵畅明喜欢带任小荣去黄河边看落

你有时间吗

日，或沿着河岸走，像要走到世界尽头一样。他们没有出去旅行过，新婚时，是第一次。任小荣看上那个青花瓷了。学古典文学的女子哪有不喜欢青花瓷的，她不舍得放下，赵畅明就买了，他买得斩钉截铁，毫不犹豫，他说困难是暂时的，我会让你过上好日子的。

回来没多久，赵畅明把事业单位的工作辞了，开了公司，经济开始好了，房贷还清了，也买了车，又换了更大的房子。家却变成了集体宿舍。赵畅明每天后半夜回家，她白天出去上课，任何时候她回来，家里总是空的。

任小荣哭了，她瘫坐在地上，看着旁边的青花瓷碎片，抽泣着。

赵畅明站在一旁，几次试图把任小荣从碎瓷片中拉起，可都不能。赵畅明纠结着，蹲下身，握住了任小荣的手。

"小荣，我知道，你已经忍耐很久了，可是你陪客户吃饭，你不喝酒，人家能喝酒吗？人家会觉得你没有诚意，合同能签吗？我真是没有办法了，以后我让我们的副总去应酬这些，我们努力造人好吗？"

任小荣沙哑着嗓子说："赵畅明，我恨你，很多时候，我一个人的时候，我常想起我们从前的旧时光，那时候，尽管没钱，压力大，可每天晚上我可以抱着你安然入眠，那时候只要我们想，孩子会随时来的。我真希望重新回到那个时候……"

赵畅明眼圈红了："小荣，你能不能容我把这个项目做完？这个项目完成后，公司上了正轨，到时候，把亏欠你的都补回来，我们再慢慢生孩子，去旅行，做父母，再说，有你这么生孩子的吗？人家都是不知不觉就有了，可你呢，大张旗鼓的一天测什么破试纸，吃什么中药，你能不能顺其自然一点。"

赵畅明看着任小荣的眼泪，叹了口气说："何况，我得为我公司的几十口人负责，人不是得有责任吗？"

任小荣说："你不负所有人，你做得对，赵畅明，我们离婚吧，我真不能再等了。我的好卵子不多了，你的精子几天就可以有成百上千亿个，而且到 60 岁、70 岁还有，而我只有四百多颗卵子，现在好质量的所剩无几。我也想顺其自然，可你按时回过家吗？我能见着你吗？我们分手吧，你想 50 岁当爸爸，我等不起。真的，赵畅明，我就是个物件，时间长了，你也要擦一擦尘土。我们还是离婚吧，我想找个和我生孩子的男人，应该还是能找到的。"

这是婚后，她第一次说到离婚，说出来，心如刀绞。

赵畅明的目光露出了悲伤，他说："这个事，等晚上回来，我们再商量，你先睡一觉，你的脸色苍白，需要冷静，别像小孩子一样任性。我现在必须去公司一趟，大家都在等我。"

赵畅明穿好衣服，捡起手机，试了试，有一个能用。他准备出门。他看了一眼地上痛苦的人，摇摇头。赵畅明平静的目光像一根针，刺透了任小荣的心。

任小荣深深地吸了一口气，突然扑过去，把赵畅明堵在了门口。她逼着他说："赵畅明，你如果走，明天我们就去办手续。"

"小荣，别闹了……"

"你明天不去办手续，你就是孙子。"

赵畅明虚弱地推开她的手，说："我他×的其实一直是孙子。"

"赵畅明，如果我死了，你也会走是吗？"任小荣说着拿起地上的瓷片，重重地朝手腕划去。

赵畅明已经开了门，他听到"死"，转了一下头，看到了血从任小荣的手臂上滴下来，不，是不停地冒出来。他疯了一样扑过去："小荣，你怎么这么傻？"他撕扯下床单，紧紧地绑住任小荣的伤口，抱起任小荣，往外跑去……

　　任小荣只是看着他，她没有感到任何疼痛，也没有再掉一滴眼泪，她只是有些乏力。

花都开好了

1

一个人吃饭，是很没意思的事，不过凌晓薇习惯了。她走进餐厅，坐在靠窗的位子上，点了一个菠萝包、一份牛肉饭、一碗汤。菠萝包的香味弥漫在空气里。那香味没有引出她的一点口水，她在拿起筷子前，先端详了一阵食物。她拿起小刀，机械地切开菠萝包，再切碎，然后用牙签插上，一点点放到嘴里，任何人都看得出，她没有胃口。

这家西餐厅是她过去和男闺蜜张新洋一起光顾的地方。两年前，他去了国外。她每次到这里都有睹物思人的感觉。凌晓薇的朋友非常少。她的手机通信录里，只有同事和同学。她感觉自己似乎没有精力去结交新的朋友,哪怕在某处有一位她的知音,她也无力去寻找,是的,她太累了。

餐厅的喇叭里播放着轻柔舒缓的钢琴曲,好像是《蓝色的爱》,是凌晓薇喜欢的曲子。窗外,夜幕刚刚降临,街上的灯火闪耀着梦幻般的光,让人充满了回家的欲望,凌晓薇却宁愿待在这个地方。她喜欢待在人多的地方,尽管在人群里,依然找不到可以说话的。

服务生是个小女孩,轻轻走过来,小声问她:"还需要点什么吗?"

凌晓薇摇摇头,低头发现杯子空了,这家餐厅的柠檬水很好喝,她指了指杯子,服务生会意,给杯子里又填满了水。服务生离开的时候,用怪怪的眼神看了她一眼。一个人在这么高档的餐厅吃饭的确很少见。凌晓薇虽然饥肠辘辘,可却丝毫没有胃口。她拿出手机打开微信,扫了一眼朋友圈,朋友们有的晒美食,有的晒书,有的秀宝宝,有的发美颜自拍,个个都很幸福的样子,只有她形只影单。她很久没发微信了。她没有什么可晒的。周围桌上的客人们个个高谈阔论,频频举杯,他们在尽情享受着快乐。她望向窗外,目光游离而缥缈……

是谁说即便一无所有,也不能没有胃口?凌晓薇感觉自己比一无所有的人更可怜。一年前她的身体像只刚出生的小牛犊,她的心、肝、脾、肾、胰、肺全都运转正常。她完全具备人的七情六欲。

一切,自打母亲去世后变了。

母亲走了,她突然之间变得苍老,所有的衣服都宽大起来,一米六的个子如今不到90斤,用弱不禁风形容最恰当不过。她的体重迅速下降,皮肤干燥脱皮,头发大把大把地掉,整天闷闷不乐,一直是抑郁的状态,甚至她连水也不怎么喝。当她连续一个月闻见饭菜就想吐的时候，她意识到自己身体出了状况。她上周去看大夫，大夫说她得了轻度神经性厌食症，是由长期不好好吃饭，或者不按时吃饭造成的。

凌晓薇对大夫说，她最近总是怀疑活着的意义，是不是得了抑郁症。大夫说："你回去按时吃药，按时吃饭，逐渐恢复你的胃功能。孔夫子都说，'食色，性也。'吃饭了人才有劲儿，有欲望，然后就高兴了。"

从医院回来，凌晓薇开始每天强迫自己吃一日三餐，医生说得很有道理，她必须好好吃饭。房子在郊区，是一室一厅的小房子，凌晓薇每次要开车横穿大半个兰州。她远离市区，离群索居，生活很自由，只是自由得有些疲惫不堪。在凌晓薇看来，即使知己或者至亲的人，也不能长久陪伴，更不能同生共死。也许能陪伴自己的只有自己的影子。凌晓薇吃饭从来都是应付，除了公司的工作餐就是外面餐厅的套餐，或者外卖快餐，或者煮包方便面。

凌晓薇停好车，走过地下车库，远远就闻见土豆丝的味道飘过来。南姨又在做饭呢。这味道凌晓薇非常熟悉。她小时候，妈妈经常做这样的土豆丝，如今再也吃不到这样的味道了。

看地下车库的是老两口，男的姓张，大伙儿喊张叔，张叔工作认真也很热情。张叔的老伴，大家都叫她南姨，南姨慈眉善目，胖胖的，整天在地下车库旁边的一个小厨房里，忙来忙去，不是在扫地就是在做饭，有时候，她还捡纸片和塑料瓶。凌晓薇经常会悄悄地把一些塑料瓶、纸盒子之类的放到他们门口。一来二去，他们熟识了许多。

凌晓薇停好车，南姨恰好从地下厨房出来，冲她灿烂地笑了一下，走过来，拉住了凌晓薇的手说："姑娘，才下班啊，谢谢你昨天给我们的菜籽油，我和你张叔都不知道怎么感谢呢。"

凌晓薇笑了笑。昨天单位发了两桶菜籽油，她下车的时候，顺手给了南姨一桶。银行的福利好，每个月都发东西，购书卡、购物卡、米面油、洗衣粉、护手霜……不过米面油这些东西，对于单身的凌晓薇来说的确是多余。她很少开火做饭。原来单位发了东西，她会送到母亲那里，如今母亲不在了，她就顺手送人了。南姨常常是她顺手送的那个人。第一次和南姨说话的时候，凌晓薇提着一大箱方便面在车库门口和南姨撞了个满怀。南姨说："姑娘，你要少吃点这个东西，听说吃一顿方便面，胃里要消化一个月……"凌晓薇觉得，南姨真是个热心人。

凌晓薇原先和他们没什么交道，以前她没买车。去年，她买了车，母亲退休了，她想开着车带着母亲去周边自驾游。没想到，母亲就坐过一次车，那是她送母亲去医院住院。母亲生病去世，父亲不到半年就续弦了。她已经半年没有回家了。她不恨父亲，只是觉得母亲不在了，家就没有了。她按揭买了一套小房子，也不急着找男朋友。

凌晓薇回到家，房子里很安静。除了睡觉，她平时白天都在外面游荡。她一个人待着，总是会掉眼泪。她顺手打开音响，播放的还是那首《月亮河》，这首歌她重复听了几百遍了，却没有抬手换歌的冲动，歌声对于她是一种安慰。自从得了厌食症后，她性格开始抑郁，甚至有点自虐的倾向。她躺在沙发上，很累，客厅有一鱼缸，水声潺潺，凌晓薇喜欢水声，那水声会让她想象自己住在溪水边的木屋里，外面下着细雨……听着水声，她睡着了。

2

凌晓薇又感冒了，自从胃口下降，身体的抵抗力也下降了。天稍微有些不测风云，她都感冒。半夜发烧，她起身喝水，没有开灯，她对家里的摆设熟悉得犹如猫熟悉黑夜一样。饮水机的水空了，没有热水喝，她就在黑暗中找到矿泉水，一口气喝了一瓶。喝完水，她听见了雨声，窗外大雨如注，闪电频频，她感觉自己很热，额头发烫，她吃了感冒药，想着明天又不能上班了，半夜3点，她给经理发短信请假，她怕自己睡过头。尽管她遗忘了整个世界，但是她不能失去赖以生存的工作。

在家蒙头睡了两天，第三天昏昏沉沉地打算去上班，没想到刚走到车库，两眼一黑，竟晕倒了。恰好，被出门提水的南姨撞见了。南姨喊来张叔，把她扶到他们的住处。凌晓薇休息片刻，就清醒了。张叔劝她去医院。她摇摇头说："可能是这几天感冒没怎么吃东西，休息一下就好了。"

南姨忙去厨房端来了刚刚做好的早餐，一盘青菜、一碗小米粥。

南姨说："孩子，你看你苍白的样子，别再这么拼命地工作了。"

凌晓薇点点头，喝了一口粥，差点吐出来，南姨忙给她拍后背。她说风寒感冒就是没有胃口。南姨让她躺在他们简陋的居所里。她拿小勺子给凌晓薇一口一口地喂粥。凌晓薇的眼泪突然涌上来。那碗粥凌晓薇不知不觉竟喝完了。张叔去门房了，南姨扶着她回家。那天她才得知，南姨和母亲居然是同乡，怪不得她的厨艺和母亲差不多。南姨进门后，又给她冲了一杯红糖水，中午的时候，南姨又给她做了烩面，逼着她吃了一小碗。很快，凌晓薇再次昏昏睡去，南姨什么时候走的,她都不知道。

第二天,凌晓薇提着两个礼盒去了停车场。南姨正在做早餐。凌晓薇把礼盒递给她,南姨坚决不要。

凌晓薇说:"南姨,别和我见外,这只是我的心意。"

南姨只好收下礼盒,说:"那你喝一碗我熬的南瓜粥再走。"

凌晓薇点点头。南姨的早餐很简单,一碟小油菜、一碗南瓜粥,刚刚出锅的葱油饼。吃了一口葱油饼,凌晓薇激动地叫了起来,天呐,这世上会有一样的厨艺吗?那葱油饼的味道,和母亲做的如出一辙。只是凌晓薇长期没有好好吃饭,她的胃很小,吃了巴掌大的一点,就吃不下了。

"南姨,你做的饭和我妈做的一个味道。"凌晓薇说。

"你妈还好吧?"

"妈妈去年生病去世了。"凌晓薇尽量淡淡地说。

南姨拍了拍她的手背说:"孩子,以后想吃南姨做的饭,就过来。"

凌晓薇突然有了一个想法,每天来这里至少吃一顿饭。哪怕交高额费用都行。她忽然觉得南姨就是恢复她胃口的曙光。她犹豫了一下说:"南姨,我想在你这里吃一段时间饭,如果你觉得可以的话,我现在就给你交生活费。"

南姨愣了一下,她肯定不相信,凌晓薇竟会喜欢吃她做的饭。南姨笑着说:"你来吃就行了,别钱不钱的,回头我给你做浆水拌汤。"

浆水拌汤,那是凌晓薇的最爱,也是开胃汤,尤其现在初夏的天气喝最好。凌晓薇那天身上只带了600块的现金,她全部都交给南姨。她说:"南姨,这是我的生活费,我今天就带了这么多。我晚上来喝浆水拌汤。"南姨死活不收钱，说："孩子，你吃不了多少，我就添一把面、一把米的事，你们城里人怎么总是提钱，这就显得生分了。"

凌晓薇只好把钱装起来了。

3

傍晚下班前，办公室的张姐给她端来一杯果汁，神秘兮兮地说："张新洋要回来了，你知道吗？"凌晓薇不知道怎么回答。张姐就是张新洋的密探。她所有的事，都是张姐告诉张新洋的。张姐原来很热心，经常给她介绍男朋友，奇怪的是，自打张新洋出国后，张姐就再也没给她介绍过。凌晓薇不置可否，连忙低头工作。张姐还没有走的意思，她说："晚上一起吃饭吧！"

凌晓薇摇摇头，她打算逗一下张姐，神秘地说："晚上有约会。"

张姐更不想走了，一连串问了许多问题，什么男朋友还是女朋友，到哪吃，认识多久了……凌晓薇不置可否，她收拾好东西，说了声再见，就离开了单位。她得去和南姨一起吃晚餐。

南姨的厨房很简陋，处处都是水泥的灰，连墙壁也是灰色的。若是平时，看到这样的厨房，她肯定转身就走了。厨具旁的墙上贴着旧报纸，煤气灶是简易的那种，调料盒开着，一个旧碗柜里放着几个大小不同的碗和盘子。菜都放在地上的一个篮子里。两个凳子支起半张旧门板，便是饭桌了。小屋的玻璃窗一半在地上，一半在地下。平时，南姨也不开灯。淡淡的阳光照进来，在屋里穿梭着。南姨的灶台是用捡来的瓷砖贴的，虽是几种颜色，但非常洁净。这里洁净通透，充满了烟火气。

南姨说今天她出去买菜了,让张叔洗碗,结果张叔睡着忘记了。凌晓薇帮她择菜,南姨洗锅,收拾厨房,很快一切收拾妥当。

凌晓薇说:"南姨,你做的菜怎么这么好吃,我每次下车老远就闻见了。"

南姨说:"都是些粗茶淡饭,我放的调料,就油、盐、生姜和花椒粉,我这儿连鸡精都没有。"

凌晓薇看见有一个土豆。她说:"南姨,您给我炒个土豆丝吧。有一次,我闻见您炒土豆丝,都流口水了。"

南姨说:"没问题。"

三个菜都是素菜,小油菜、土豆丝、青椒豆腐,不到20分钟就炒完了,南姨做浆水拌汤的时候,凌晓薇目不转睛地看着。南姨准备了一个小瓷缸,她说:"你妈是天水人,就该听过一句俗话,天水人走到哪里,浆水缸就背到哪里,不过这口缸是我到这后,一个楼上的老太太送我的。之前她用来腌泡菜,后来,她搬家到女儿家了,就把这个缸还有一些锅碗瓢盆送给了我。"

南姨和面,她把面疙瘩一点点地搓碎,用葱、蒜、辣椒在热油里把浆水"炝"一下,然后把面疙瘩倒入烧开的水中,再把浆水菜和汤倒进锅里,锅开后,一碗热腾腾的浆水拌汤就出锅了,南姨又放了红色的辣椒,配上嫩绿的韭菜。凌晓薇看着已经流口水了。吃了第一口菜,又喝了一口酸酸的黏稠醇厚的浆水汤,凌晓薇的眼泪居然又一次涌上来,她这是怎么了?这世上会有手艺一样的厨师吗?怎么南姨做的菜和母亲做的几乎是一个味道?

人对味觉的记忆是可怕的。母亲病了半年,她一直以为是小病,还去了外地培训了3个月,等她回来的时候,母亲已经住院了,而且再没有回过家。算起来,她最后一次吃母亲的菜,已经是一年前的事了。

南姨说:"以后就来南姨这里吃饭,其实你张叔很少和我一起吃晚饭,晚上下班高峰期,车库门房不能没有人。有时候,我会端着饭,到你张叔的门房去吃。"

不知不觉,凌晓薇竟然把这一小碗全都吃完了。这是半年来她吃得最多的一次。不是强迫着自己吃,而是和过去一样,边说着话,不知不觉就吃下去了。

张叔微胖,眼睛很有神,说话也幽默,偶尔也来小屋吃饭。有时候,张叔看凌晓薇吃得那么少,就慢吞吞地说:"姑娘,你比我们家两岁的孙子吃得还少。小孩子吃不饱就跑不动,大人也一样,饭菜其实就是你们汽车里的汽油,你吃得少肯定就跑得慢。"

凌晓薇笑了。

这天晚上,凌晓薇躺在床上,想起了母亲。母亲去世快一年了,最后一次和母亲说话,母亲已经昏迷三日,再次醒来,她虚弱地握住凌晓薇的手:"晓薇,你27岁了,不是小孩子了,妈妈以后不能陪着你了,你要好好照顾自己,要学会独立,找一个爱你的人……"母亲说每一个字都十分艰难,凌晓薇一直在点头,尽量挤出一点微笑,眼泪在眼眶里打转,等她扭头擦干泪水时,母亲已经永远闭上了眼睛。

凌晓薇捧着母亲的照片,说:"妈,今天我吃浆水拌汤了。妈,我真的很想你,给我托个梦吧……"

父亲和母亲的感情很不好,他们是典型的先结婚后恋爱,可是,他们并不爱对方,从结婚开始一直吵架,一直吵到母亲死。母亲死后,父亲很快再婚。凌晓薇的姨妈说:"这个女人一直是你父亲的相好,他们就盼着这一天呢。"凌晓薇一打听,果然,在那个女人的家属区，人人都知道，那个寡妇嫁给了和她好了十几年的男人。凌晓薇自打记事起，父母就分床睡。

母亲走的时候，她说："孩子，把妈妈的骨灰撒到黄河吧，不要买墓地。"凌晓薇知道，母亲是不想和父亲以后埋在一起，凌晓薇把母亲的骨灰撒到了黄河里，她永远也忘不了那一天的寒冷。

去年春节，凌晓薇第一次没有回家过年。母亲去世了，她就没有家了。除夕夜父亲打电话，想和她解释什么。她打断了他的话，只问了一句："为什么你们不离婚？你们生活得那么痛苦……"电话那头是父亲长久的沉默。父亲就她这一个孩子。她和母亲贴心，父亲经常出差，她和父亲一直隔着一条很深的沟壑，谁也不能跨越。经常是父亲主动给她打电话。凌晓薇每次和他通话的时间都不会超过一分钟。不知道说什么。或许他们之间应该好好谈一次，或者大吵一架，这样才能冰释前嫌吧。凌晓薇觉得自己不该恨父亲，可是，心里到底是要给母亲出口气。

从那以后，凌晓薇如果不加班，几乎每天晚上都去南姨家吃晚饭。她每次去不是带着菜，就是给南姨带点小礼物。她不能直接给南姨钱。钱有时候不是好东西。南姨做饭，她打下手，偶尔递个碗，切个菜，更多的是一种陪伴。南姨有时候也到凌晓薇的家里做饭聊天，她们相处十分融洽。凌晓薇其实也会做饭。小时候，母亲加班的日子，父亲出差的日子，她放学后会自己做饭，做好后，给母亲留一半，自己吃一半，然后哼着歌儿写作业，那是多么无忧无虑的日子……

4

  重阳节前后,她收到一封邮件,是张新洋发来的,邮件内容简单:"晓薇,我就要回兰州了,我的心意未变……"

  凌晓薇在办公桌前,望着落日,突然想起了张新洋。过去,他们经常一起去黄河边,去书店,去咖啡厅,去餐馆,他们整天嘻嘻哈哈、打打闹闹,似乎无话不谈。他去美国后,凌晓薇从未和他主动联系过。大概是心里有点怨恨他吧。当初在一个下着小雨的夜晚,他拿着一束玫瑰花来到凌晓薇家楼下,向她示爱。她当场拒绝了,甚至没有考虑一下。她一直把他当男闺蜜,从来不知道张新洋是因为爱她,才接近她、关爱她。张新洋负气似的很快出国了。之前公司一直派他去,他一直没去。等凌晓薇缓过神来,张新洋已经走了。他走了,凌晓薇的心变得空空荡荡,她意识到自己是爱他的。凌晓薇一直怀疑是否有爱情这种东西。她觉得自己还是有虚荣心的,过去她也渴望帅哥追求,有人给自己送玫瑰,在月光下漫步……可这一年,所有的心思都没了,她几乎都忘记自己的存在了。

  凌晓薇想了想,给他回信:"我的电话没变,回来聚……"

  写完邮件,凌晓薇给南姨打电话,说下班后帮她做饭。凌晓薇在门口的超市买了米和油。在南姨这里吃了几个月的饭,她气色渐渐红润起来。这些日子,她不再吃医院开的钙、铁、锌和维生素了,她感受到了食物的能量。她的饭量依然没有增加,但她每天坚持吃一日三餐,她甚至每天强迫自己吃三种不同的水果。南姨心疼她,每顿都劝她尽量多吃一点。和南姨熟了,南姨开始督促她去相亲了。有一次,南姨买菜的时候,遇见了一个大妈,聊了一会儿,就给凌晓薇张罗了一个相亲对象，南姨劝她见见。在回家的路上，凌晓薇想着如何把张新洋的事告诉南姨。

傍晚的小区十分宁静。深秋时节，西北风肆意横行，树叶纷纷落下。凌晓薇今天没有加班。快到车库的时候，凌晓薇在门房没看到张叔。她心里嘀咕了一下，张叔怎么今天不在。她刚停好车，就见南姨哭着跑过来："你张叔心脏病发作了。晓薇，麻烦你送他去医院。"

凌晓薇急忙掉转车头，几个好心人把张叔抬到车上。凌晓薇把张叔送到了医院。张叔被推进了急救室，凌晓薇一直陪着南姨，直到南姨的女儿赶来，她才回家。第二天中午，凌晓薇一下班就买了八宝粥匆匆赶到医院。没想到，南姨和张叔已经离开了。医生说，张叔是心肌梗死，没有抢救过来，昨晚凌晨时分去世了。凌晓薇急忙给南姨打电话，电话关机，她又开车去了车库门房，听保安说，南姨他们已经辞工了。

那天晚上，凌晓薇怎么也吃不下饭，张叔怎么会有心脏病呢？人的生命为何如此脆弱？她站在昔日带给她温暖的小厨房门口，哭了很长时间……

车库很快有了新的守卫人，是个中年男人，非常精瘦，凌晓薇从没和他说过话，她没有说话的欲望。

人去楼空，南姨的地下厨房一直锁着。

5

冬天很快就来了。现在，凌晓薇每天都做饭吃。早餐，她每天吃个鸡蛋，喝杯牛奶，她买了最好吃的面包。晚餐通常吃几片牛肉，喝碗粥，炒个素菜。她感觉身体好了许多，走路也有力气了。整个冬天，凌晓薇都没有感冒。她的饭量也增加了一些，单位的工作餐，她也能把菜吃完。南姨说的没错，五谷不亏人。

一天，张新洋把电话打到了办公室。凌晓薇以为是客户，她很客套地说了一声："你好！"

张新洋说："晓薇是我。"

凌晓薇的心动了一下，这么久了，他居然一下子就听出了她的声音。

她说："你怎么不打手机？"

"这不给你个惊喜吗，我在单位楼下！"

"那你上来吧，正好看看你的老同事。"凌晓薇笑着说。

"不了，我在楼下咖啡厅等你。"

凌晓薇看了看手表，已经快6点了，她可以下班了。

凌晓薇站在夕阳里，看着张新洋朝自己奔跑过来，突然有种恍若隔世的感觉。张新洋穿着牛仔裤，简单的羽绒服，还是那么干练，身上有淡淡的咖啡香味。他一直那么爱喝咖啡。这个地方，是他过去常常带她来喝咖啡的地方。每次来，他给她点焦糖咖啡，他自己喝卡布奇诺。张新洋看着凌晓薇，两人都有些不好意思。两年没见了。凌晓薇望着他微微一笑。

张新洋叫了起来："小薇，你怎么能瘦得可怜巴巴的，是不是没有我陪你吃饭，你就没有胃口？"

凌晓薇眼里泪花闪耀，走了两步，停下来说："不如先去吃饭吧。"

张新洋点点头，他们俩一直往前走，都没有说话。路过了他们熟悉的商店、超市、商场、车站。凌晓薇脑子有点乱。张新洋变了，

花都开好了

不知道为什么，走在人群里，给人不一样的感觉。哪里不一样了，她也说不上。张新洋同样也在观察自己吧。凌晓薇梳着简单的马尾，穿着羊绒大衣、黑色的短靴，提着帆布包，还是那么朴素天然。

他们在外滩餐厅坐下后，张新洋把他的大手覆盖在了凌晓薇的手上。他的手热乎乎的。凌晓薇的手，一年四季都是凉的。凌晓薇没有抽出自己的手，但她有点不知所措。作为女人，找一个爱自己的男人，是幸福的事。凌晓薇感觉到了张新洋的温度，既陌生又熟悉。

张新洋望着凌晓薇说："这两年，我想忘掉你，可我每次打算约女孩子，眼前都会出现你的影子，所以，为了老了以后没有遗憾，我就回来了。"

张新洋还是那么贫。凌晓薇不是冷血动物，不可能无动于衷，只是她没有流露出她的激动。她不再年轻，不是18岁的小女孩，她过早尝到了生离死别的滋味，如今很多本该激动的事，她都很淡定。凌晓薇望着张新洋，突然就笑起来，笑着笑着，又开始哭……

张新洋一直安静地注视着她。她孤零零的样子，令人怜惜。她该拥有年轻女孩拥有的一切，她得朝气蓬勃起来。张新洋摸摸她的脸，替她擦眼泪，她一下子扑到他怀里，有个怀抱真是温暖啊。

凌晓薇很快又破涕为笑："不好意思，母亲去世后，我变得特别脆弱。"

张新洋歪着脑袋，捏了一下她的脸蛋，怜爱地说："以后，我不会让你再流泪了。"

凌晓薇笑了一下，眼泪顺着眼角流下来。

流水般的轻音乐在餐厅回荡，夕阳的余晖照进餐厅的角落，将他们包围起来。他们边吃边聊。张新洋一直在说美国的事，凌晓薇认真听着,她没什么可说的,这两年是她人生的低谷,母亲去世,父亲再婚,孤身一人,身体弱不禁风……

那晚,凌晓薇答应和张新洋重新交往。在张新洋走后,也有男孩追求过她,她都没有答应,大概是忘不了他吧。

母亲去世一周年的那天,大雪纷飞。凌晓薇独自去了黄河边,冬日的黄河水舒缓而平和,水上的船只也比往日少了许多。她沿着黄河边,默默地走到中山桥。母亲生前喜欢百合花,她买了一大束的白色百合花。她站在桥上,把花瓣一片一片撒到水里。她在心里对母亲说:"妈,我有男朋友了,我会照顾好自己……"

凌晓薇闭上眼睛,屏气凝神:"妈,你听到我的话了吗?如果听到了,到我梦里来一次吧……"

真希望母亲在梦里能对自己说点什么,她只梦见过母亲一次,那个梦超级短,梦里母亲站在楼下冲她挥手,什么话也没说,母亲的脸却真真的……

6

一晃,春天就来了。兰州这个塞外小城的春天很短,春日总要沾染些夏的习性,减衣服的速度很快。凌晓薇起身,推开窗户,清新的空气扑面而来,她看着窗外柳树上发出的新绿,不由自主地哼唱起《春暖花开》那首歌。春天的阳光令她感到温暖。她给张新洋打电话,她说:"新洋,花都开好了,周末,我们去什川看梨花吧。"

张新洋正在开车,他听了很兴奋:"晓薇,你开始春心萌动了,这是好事。我坚决陪你去,我愿意陪你到天涯海角……"

凌晓薇笑着说:"这真是个伟大的誓言……"

凌晓薇想起早上起来,她还没喝水呢,张新洋说过,白开水是开胃水,必须要早起空腹喝。凌晓薇喝了白开水,然后煮了鲜牛奶,又煎了蛋,切了面包,穿着睡衣吃早餐。她十分认真地对待一日三餐。出门的时候,凌晓薇破天荒穿了枣红色的条绒连衣裙,过去的一年,她只穿黑、白两个颜色。出门时,她照了照镜子,镜子里神采飞扬的那个女子,是她吗?

周五,很忙碌的一天,要处理很多事,她楼下楼上地跑了好几趟,又找领导签字,又和客户见面。中午的时候,张姐端了果汁给她,想打探她和张新洋的交往情况。

凌晓薇说:"恋爱正在进行中!"

张姐说:"春天是最适合恋爱的季节,好好享受吧。"

凌晓薇投给她一个春日暖阳般的微笑。

下班后,张新洋来接她,如今,几乎每天晚上他们都会一起吃饭。他们先去超市买菜,张新洋经常亲自下厨,给她做两三个清淡的小菜,逼着她喝一碗粥。他说粥最养人。每次张新洋穿着围裙端着菜从厨房走出来,凌晓薇就开玩笑说:"我有种上你家做客的感觉。"张新洋特别喜欢抱她,他总是抱着她摇啊摇,晃得凌晓薇睁不开眼了,然后轻轻吻她。

他们像往常一样,停好车子。凌晓薇一扭头就看见了南姨。她穿着一件灰色的外套,坐在小厨房门口的板凳上。南姨的头发剪短了,一下子好像瘦小了许多。凌晓薇丢下手里的菜,大喊着南姨,跑了过去,心脏在怦怦地跳,她太激动了,她走过去,感觉自己比南姨高了一些。

"南姨,你的手机打不通,也不知道上哪里去看你……"

南姨一把抓住了凌晓薇的手,眼圈红红的:"闺女啊,我就在等你呢。你张叔走的那天,手机就丢了,我没有你的电话了。今天我来拿东西,刚刚还寻思着,能不能遇见你,看来我们真是有缘。"

张新洋提上了南姨的东西,他们一起去凌晓薇的住处。张新洋做饭,凌晓薇陪着南姨说话。

南姨说:"你张叔走得急,我没顾上和你说。他在医院去世后,我们就把他安葬到了乡下的祖坟里,守了七期,才来这里拿东西。"

凌晓薇也掉眼泪。

南姨说:"这人啊,说没就没了,所以,每一天要好好过。晓薇,你要好好吃饭,别亏了自己。你张叔原来有心脏病,我们都没太在意。退休后,你张叔非要来这里看车库,说不想给儿女们添麻烦。我没有退休工资。他想给我存点钱养老,没想到,他走得这么急,这么早……"

凌晓薇不知如何安慰南姨。人老了才感觉有个老伴是多么好,可是,那个好,南姨如今没有了。凌晓薇留南姨住下了。她想让南姨一直住着,把身体调养好再回去。凌晓薇给她买了一件蓝色的羊毛衫,又买了很多的营养品。南姨教会了凌晓薇做土豆丝和浆水拌汤。看着凌晓薇呼噜呼噜地喝完一碗汤,南姨和张新洋一起嘿嘿地笑,南姨还说:"这丫头终于肯好好吃饭了。"他们是真的高兴。南姨住了一周,气色好了很多。一天晚上,南姨说她得回去了,她说乡下的宅子不能没有人。凌晓薇再三挽留,可南姨执意要回去。第二天,凌晓薇和张新洋送南姨去汽车站。上车前,凌晓薇从包里掏出2000块钱,塞到了南姨手里,南姨死活也不要。

凌晓薇说:"多少是我的心意啊。"说着她的泪突然涌上来。

南姨收下了。

凌晓薇拉着南姨的手说:"南姨,以后你就当我是你的小闺女,要常来看我,一定要保重……"

送走南姨,凌晓薇眯着眼睛看了看春天的太阳,万物正在复苏,花朵次第开放,一切是多么的迷人。凌晓薇握住了张新洋的手,他们牵着的手像秋千一样轻轻地荡来荡去,路边的柳枝在风中轻轻摇摆,像在跳曼妙的华尔兹。他们一直往前走,谁都没有说话,路过纷繁的十字路口的时候,凌晓薇把头凑过去,轻声说:"张新洋,我们结婚吧!"张新洋愣了一下,随即把她拉入怀里,世界突然变得很安静,凌晓薇忘记了身在何处……

海棠花影

1

进入秋季后,寻南渐渐感到不再那么痛苦。

从洛杉矶到北京飞机飞行 10 个小时,不算太累。在机场,寻南去卫生间洗漱。她抬头望着镜子中疲惫憔悴的自己,眼里弥漫着黯淡的光,但眼神是那样的沉静,那份沉静也代表着某种执着和默默承受。

在飞机上,她做了一个梦,醒来却什么也想不起了。

清晨的阳光洒在候机室里,光线柔和。寻南站在窗边,看着初升的太阳,等待转机到兰州。一回国,寻南觉得多一分的等待都是一种煎熬,她很想念父母,想念朋友,也想念黄河穿城而过的兰州。

在回兰州的飞机上,她的旁边坐了一位带着4岁儿子的年轻母亲,小男孩第一次坐飞机,一直手舞足蹈,喋喋不休,年轻的母亲一直很有耐心地给孩子解释飞机上的一切。寻南手里翻着杂志,却无法安静地阅读,她闭目养神,耳边是温柔的年轻母亲的声音,显然,这个女子比自己要年轻很多,她的脸光洁白皙,目光清澈简单,看起来很幸福的样子。飞机起飞后,小男孩像只顽皮蹦跳的小鹿,嘴巴里问个不停。年轻的母亲在耐心地回答。天气晴朗,窗外白云朵朵,触手可及,孩子恨不得把脑袋探出窗外。寻南想到自己包里还有一颗瑞士的巧克力,她拿出来,递给孩子,希望他可以安静下来。果然,孩子拿了巧克力,开始平静地享受美味。年轻的母亲冲她友好地笑笑。孩子吃了巧克力,很快便睡着了。

年轻的母亲突然问:"你的孩子几岁了?"

寻南笑笑,没有作声。对于身旁素不相识,看起来又如此友善的女人,她本来可以敞开心扉地聊聊自己的处境,不知道为什么,在海拔7000米的上空,她没有说话的欲望。年轻的母亲倒是很有说话的欲望,她指了指自己的肚子,微笑着说:"我又怀孕了,希望是女儿。"寻南忙祝贺,她放下手里的杂志,耐心听年轻的母亲讲述她的故事,一个简单的青梅竹马的爱情故事,平平淡淡,却又温馨甜蜜。

说话的时候,小男孩在她怀里翻了一下身,她小心翼翼地给他调整睡姿,她温柔的样子打动了寻南。那一瞬间,寻南有了想要孩子的强烈愿望,想生孩子,不是那么简单的事,她首先要找到那个可以结婚的人。

在洛杉矶,有一段日子,她十分脆弱,动不动会失眠,常常流泪。甚至,她想过在国外长期流浪,她害怕回国见到熟悉的人。可是无论她去过多少不同的地方，睡过多少不同的床，她都无法忘却自己的痛苦。有时候，走在异国他乡的小镇上，偶尔遇见流浪汉，她也会自己安慰，寻南你没有糟糕到一无所有，至少你还有父母，你还有工作，还有朋友。那样的安慰多少有些阿Q精神。少女时代，她曾经期待过自己的人生，如同飞机上遇见的年轻母亲一般，和一个相爱的人结婚，生两个孩子，平淡过一生。只是，她没有遇到好男人。她在国外刚刚两个月，准备结婚的未婚夫就和别人在一起了。他们是为了结婚才进行的恋爱，一开始没有多少感情基础，全靠道德维系，没想到，男人到底是耐不住寂寞。让寻南难过的不是失去未婚夫，而是，她觉得自己被抛弃了。前男友说，他提出分手是理智的决定，他说寻南绝对不可能为他洗一双袜子。寻南听了冷笑一声，背叛就是背叛，还要为自己的心安理得找个借口开脱，真是伪君子。寻南没有告诉他，她因为情绪激动，不小心从楼梯上摔了下来，等她醒来的时候，医生告诉她，孩子没有保住，她才知道自己怀孕了。寻南独自一人在医院住了7天。她每日以泪洗面，流干了所有的泪。

在异国他乡，她频繁出游，有时候深夜飞机落地在陌生的小城，她也不觉得孤单。生活是一本最好的教材，它会教你在艰难的时刻如何活下去。寻南唯一庆幸的是，她在兰州有一套自己的小房子，她还有个小小的家。

飞机落地，像往常一样，寻南拖着沉重的行李箱，其实箱子里没有多少东西，是她的心略微沉重罢了。回城的大巴里一张张疲惫的脸，大家都如此冷漠吝啬，好像给身旁的人一个微笑会失去一半体力似的。

进入城区，已经中午了。街上的拉面馆里，人来人往，空气里飘着牛肉面的味道，这是兰州特有的味道。寻南看着熟悉的一切，一样的城市，一样的街道，一样的人们，一样的秋天。只是不再有人打电话来，问她到哪了，前男友唯一让她暖心的事，就是不放心她一个人出门。她只要出差，电话就一个接着一个，也许他曾经是爱过她的，只是后来又爱了别人。感情就是这样，哪有什么永恒。

寻南在街上吃了一碗牛肉面。在美国，她除了想念父母，就是想念这碗面。吃完面，寻南感到满足，她拉着箱子，步行去旁边的家。房子在市区繁华地段，是二手房，那里离公司近，少去了很多挤车的时间。半年没有住了，房子里落满了灰尘，寻南换了拖鞋开始打扫，门口贴着催缴电费的单子，单子上写着之前房主的名字，这个房子过户后，有些名字一直拖着没有改。房子在干休所，像是一个与世隔绝的世界，当初寻南就是看上了这个小小院落的安静和安全。

2

从美国回来，在北京转机的时候，寻南发了一条微信，配了一张首都机场的照片，写了一句："终于回到了祖国的怀抱！"手机就没电了。

回到兰州，寻南打扫房间，出门去银行缴了电费，又在旁边的市场买了水果和菜。寻南打开收音机，开了加湿器，把被褥在阳台上晒了晒，顿时，家里有了人气。一切收拾停当，天色暗淡下来，寻南又泡了一包辣白菜泡面，晚餐就这么打发了。她又冲了澡，躺在沙发上，看着整洁一新的房子，感到安慰，至少，还有个自己的窝，对于一个32岁的独身女人，这个太重要了。

她打开手机，消息铺天盖地。微信上欢迎她归来的亲朋好友无数，连她的一个表姐的堂妹的弟弟都对她的回国表示热烈欢迎。同时，还有3个未接电话，寻南一看是吕新打来的。寻南脑海里出现了吕新的样子，清澈的眼眸、干净的面庞，寻南想起她出国前，他和另外一个同事来机场送她的情景，他的眼光里有无限的不舍。

吕新是寻南曾经的同事，自从得知她分手后，吕新基本上每天都会给她发信息，寻南知道吕新的心意。在公司的时候，吕新一直很照顾她，吕新帅气大方，当时他们在一个部门工作，寻南一直把他当弟弟，工作上偶尔会袒护他。后来，吕新出国时给她带了一套名贵的化妆品，寻南才感到自己可能和他走得太近了，她没有收吕新的礼物。后来开始有意避开他，免得他产生误解。

公司的人都知道吕新喜欢寻南，寻南总是打哈哈，一笑而过，心想，喜欢又如何？她当时已经有了未婚夫，她向来是个传统而规矩的女子。

现在，寻南也不能答应吕新。

寻南比吕新大两岁，她是个传统的女性，明白女人的青春短暂。她不敢冒险嫁给比自己小，且家世、相貌俱佳的男人。何况，姐弟恋中年轻男孩对年长女人及其身体的爱慕，一般只因有恋母情结，一旦他吸饱了力量，便会产生厌弃而选择离开。

寻南没有回吕新的电话。她不知道说什么。她展望未来，从没有想过要和一个比自己小的男人结婚。寻南向公司申请延长了在美国的学习时间，也是为了逃避亲友们的同情。但分手的消息很快尽人皆知。当然，吕新也知道了。

从那以后，吕新几乎每天都有微信问候。有一次，吕新打电话来，他当时喝醉了，吕新说："我喝了三瓶酒，走在大街上，忽然很想你。我刚刚和一个想和我结婚的姑娘分手了，我不能和她结婚，我的脑子里自始至终都只有你。曾经我以为，时间会让我忘记你，可是，我做不到。寻南，得知你分手了，你知道我有多高兴吗？我会一直等你，等你回来，等你爱上我……"

寻南听了，潸然泪下，为什么，想念她的人，不是她曾经掏心掏肺爱过的男人？她千疮百孔的身心又怎么能去接受吕新的真情呢？

寻南严肃地说："我比你大，我们不合适。"

吕新说："我会一直等你回国，然后好好爱你。"

寻南发了一个流泪的表情，她假装不知他的真心。

男人是可信的吗？寻南时常问自己。出国前，前男友说："你放心去吧，我会一直等你。"不到两个月，她就接到了他的分手电话。寻南不想追究前男友背叛她的细节，她在心里其实也没有很爱他，只是觉得他是适合结婚的对象，门当户对，性格相投，何况长辈们说，和谁结婚都是一样过日子。如今，她得再次相亲，这是寻南觉得麻烦的事。

第二天傍晚，吕新又打电话，说想给她接风洗尘。寻南不好再推辞，不然会让吕新觉得她是个矫情的女人。何况有些话，还是当面说清楚的好。

寻南换了干净的长袖棉裙子，穿着舒服的鞋子，出了门。

到了约定的云南菜馆，吕新还没有来。外面起风了，寻南看着一片树叶在风中飞舞，直到吕新站在窗外敲窗户，她才回过神来。吕新一定看了她很久。吕新暗恋她，原来在同一个大的办公室，他就经常悄悄注视她。

吕新走进来，手里拿着一束小雏菊，花朵娇小动人。吕新把花束递给寻南，说："欢迎寻南花仙子回到祖国的怀抱。"

寻南接过花，一时不知说什么。

吕新一把抓住了她的手，厚实的手掌，紧紧地贴着她的手心。

寻南笑了笑。

吕新说："对不起，堵车了，好久不见，你还是那么美。"

吕新点了她最爱吃的麻豆腐、茉莉花炒蛋。他见到寻南兴奋得语无伦次，而寻南的心却是平静得如无风的湖面。分别一年，恍若隔世，物是人非，听着吕新的高谈阔论，关于这个城市的点点滴滴，渐渐清晰起来。

"寻南，你还记得你送我的那盆海棠吗？"

寻南这才想起，她出国前，把办公室养的几盆花送给了几个要好的同事。给吕新也送了一盆，原来给吕新的是她最喜爱的海棠啊。寻南喜欢养花，她在办公室养了很多花，她能把最难养的仙客来养得年年开花。大家都知道，寻南每天一到单位，第一件事就是侍弄花草，赏花闻香。

"你走以后，我一直悉心呵护，给海棠换了大盆，经常浇水施肥，今年它居然开花了，你看这些花多美……"吕新说着从手机里翻照片。

寻南看到了嫣红欲滴、楚楚动人的海棠照片。

没想到你把花养得这么好。

和吕新的晚餐吃得还算友好，一直是吕新在插科打诨东拉西扯地说，她在听。她很少说自己，除非吕新问有关国外的事，寻南才会耐心解答。

吕新竟没有提感情的话题，寻南不好主动说，吕新你比我小两岁，我们不合适，那样显得她过于自作多情了。

吃过饭，吕新送寻南到小区门口，嘱咐她好好休息，就开车离去了。看着吕新的车子离去，寻南走着走着，忽然悲从中来，流下一行泪来，夜晚的大街上，没有人能看到她的眼泪，她扭头在一个车窗镜里看到了自己憔悴无光的脸，想当初寻南也属于文艺小清新，现在却进入了无边落木萧萧下的境地，真是让人感伤。

寻南打算振作起来，重新让生活有意义。女人的生活除了男人，还有事业和远方。她开始读过去喜欢的书，看喜欢的电影。她给自己列了许多阅读和观看计划。晚上10点，寻南收到吕新发来的微信，和往常一样，吕新说，早些休息，不要熬夜。寻南看着手机发了一会儿呆，才回复了一个微笑，道了声晚安。

看朋友圈的时候，寻南看到吕新发了一条微信："夜色迷人，时间匆匆，我如何走进你的心房……"寻南没有点赞。她不想吕新误会自己。吕新是阔气有型的高富帅，是内心细腻的暖男，说真的，寻南压根就没想过吕新。

3

回国后，寻南调到公司总部，负责培训，外语系毕业的她，如今对于公司外贸出口洽谈，有着举足轻重的作用。工作比以前悠闲，收入也比过去增加了一些。寻南很喜欢现在的状态。她一直是自强自尊的女孩子，从21岁就开始经济独立，不再花父母的一分钱，一直努力工作，在公司有了一席之地，在兰州独自买了住房。寻南有时候觉得自己也许过于强大，从不会撒娇，不会示弱，才会有今天的境遇。这样靠自己创造的一切，寻南觉得踏实。

公司总部，对于寻南来说也是新的环境，她要处理很多的事，要认识新同事，要熟悉新的工作程序，还要解决一日三餐，要新添置一些家电。许多小事，让她疲惫不堪，不过忙碌让她忘记了一些事情。

一个周末，寻南认真整理自己的房子，她送出去了太多和前男友有关的东西，包括书籍、花草，还有很多物品。那些曾经都是她极其喜爱的东西，送出的瞬间，她还要假装自己不再需要。她真正体味到了人生的断舍离。要断绝一切和前男友的共同朋友，要舍弃曾经心爱的物品，要离开曾经熟悉的地方。寻南清理完后，她很平静。时间会让一切伤口结痂，慢慢复原。

寻南花了一个月的时间，逐渐适应了新的生活。她开始布置自己的小房子，她买了漂亮的靠垫，买了精美的瓷器，又去集市上买了花草，偶尔她会想起前男友，如一场梦。据说他马上就要当爸爸了。寻南不恨他。她可怜那个没有来到世上的孩子。她也有点想念她装修好的婚房，那个房子里有大阳台，她想在上面种满了花草，希望家里一年四季都有花朵盛开，寻南天生就是好的园艺师，她在朋友家随便剪一个花枝，回来便可栽种成活。如今，她亲自装修的房子，已换了新的女主人。这个世界变化太快。

32岁生日那天，她选择和乔玲一起过。她并没有告诉乔玲自己过生日，只说要请她一起吃饭。乔玲是寻南的大学同学，她们认识多年，她一直是个善良热心的女人。她知道寻南的一些事。现在，她在张罗着给寻南介绍男朋友。吃饭的时候，乔玲说出了自己朴素的人生观点。"男大当婚女大当嫁，这是千百年来人选择的生活方式，说明也是比较幸福的生活方式，"乔玲说，"虽然你有你的事业，能经济独立，有自己的爱好，喜欢阅读旅行，不会孤独无聊，但那还是要结婚的。一个人过终究是孤单的。何况你还要生养孩子，为了孩子的健康成长也要考虑婚姻生活。"寻南不置可否。她并没有向人宣布,她要独身一辈子。

晚上回到家里,她很疲惫。吕新和往常一样,晚饭的时候发来微信,提醒她吃好一点。自从上次见面后,吕新已经约了她几次要一起吃饭,都被寻南婉言谢绝了,她给吕新回了微信,只发了一个表情。有些关系就隔着一层纸,一点就破,要小心翼翼维护。

第二天傍晚,寻南下班前,又接到乔玲的电话,说晚上大学同学聚会。寻南马上拒绝。乔玲却说,快回家去换衣服,穿漂亮点,晚上有惊喜。

寻南拿她没办法。估计,乔玲要给她介绍男朋友。寻南不忍心扑灭她的热情之火,但她下午一直开会,有些累,本想好好休息一下。

晚饭的时候,来了三个大学女同学,有两个同班的,剩下一个是同校的。乔玲姗姗来迟。进来的时候,乔玲领着吕新走进来。

寻南心想,乔玲怎么和吕新联系上的。后来回想,有一次她带着吕新和乔玲一起吃过晚饭。

乔玲说:"我刚刚在门口遇见这小子,上次我们不是一起吃过饭吗,就把他拉来了,我们今晚喝点酒,让他送我们回家。"

寻南点点头。

吕新真是见面熟,喝了两杯酒,就开始高谈阔论了。寻南冲他淡淡地笑了一下,仿佛不曾相识。

"这小伙子,阳光帅气,高大挺拔,说话很有底气……"乔玲和几个女同学都在夸吕新长得帅。寻南笑笑,抓起眼前的酒杯,一饮而尽。

乔玲低声说:"你可别这么喝,说不定那个工程师会来。他本来刚才要来，结果临时加班。"

寻南说："吓我一跳，我还以为，你要给我介绍吕新呢！"

乔玲说："这小子我觉得也好，他是不是喜欢你啊？啊，我想起来了，他一直暗恋你，这是好事啊。"

"别瞎说，我一直把他当小弟弟。"

这时，在高中当老师的同学问："寻南，你什么时候让大家喝喜酒啊？"

寻南只好瞎编说："快了，快了。"

其中一个女生说："在大学的时候，我们都以为你会是贤妻良母，你会是我们几个里最先结婚的，会是最先当妈妈的人，没想到你成了最后一个。"

乔玲夹起一个鸡翅，堵住了那个女生的嘴："尝尝这个，听说是招牌菜。"

寻南笑了，心里却不是滋味。

吕新又开始讲他的幽默笑话，不过他从不讲带色的笑话。乔玲期间出去接了个电话，进来小声对寻南说："工程师不来了。他说，他回头约你。"

乔玲又说："工科男人简单，会用钱疼老婆，那才是实实在在的。"

寻南对工科生的认识，还停留在大学时代，她觉得工科男是那种最原始朴素的男人，面对的是冰冷的器械，灰头土脸的工作环境，他们像机器一样毫无浪漫可言，当然更不会沾边时尚。

不过她现在要找的是结婚对象，不是恋爱。

吕新端着酒杯凑过来："寻南，我们喝一杯吧。"

寻南说："你是不是吃饱了没事干啊？什么场子你都来凑。"

吕新打了个酒嗝，傻笑着说："寻南啊，寻南，你怎么这么铁石心肠，你怎么就不明白呢……"

寻南没让他往下说，拿起旁边的一杯酒，和吕新碰了一下，直接灌了下去。吕新也跟着灌了下去。寻南又倒了一杯，吕新陪着，他们又灌了一杯。酒能解千愁。大家都放开喝了。一时间，寻南听见有人哭，原来是另一个女同学，听说他老公有外遇，她为了孩子死撑着这个家。寻南突然喊了一声："姐姐妹妹们，我敬你们，你们都要对自己好一点。"

也不知道大家听清楚了没有，酒倒是都喝了。包厢里场面一时有些混乱。乔玲又喊了两个男性朋友，她想让大家都尽兴一点。

寻南抓起杯子，还想喝，被吕新硬生生地夺了下来："走吧，寻南，我们回去吧，你不能喝了。"

寻南脚下软软的，走路有些不稳定，她不知道自己是怎么被拉出包厢的。吕新拦了车子，寻南只听见有人说："女人喝醉了真是惨不忍睹。"吕新说："师傅，她心里有事啊……"

迷迷糊糊中，寻南靠着吕新就那么睡着了。她的额头贴着吕新的脖子，她感到了吕新的体温，吕新紧紧地握着她的手。

寻南想说，我没有醉，可是，她张开口，却睁不开眼睛。

到了小区门口，寻南被吕新摇醒。寻南摇摇晃晃地下车。吕新说："我送你上去吧。"寻南摆摆手。

吕新执意要送她，寻南根本站不稳。

吕新扶着寻南，黑乎乎的楼道，好像灯坏了。寻南摇摇晃晃地说："吕新你走吧，我自己上去。"

吕新说："寻南，你这样我不放心，我不走。"

到了家，寻南直奔卫生间，吐得稀里哗啦。吐完了，吕新给她端来白开水。

寻南喝了，头还是有些晕，她说去冲个澡。洗了澡兴许就好了。寻南洗了澡，倒头就睡。吕新轻轻地抬起她的头："寻南，你的头发还湿着，不能睡，乖，起来，我给你吹头发。"

寻南"嗯"了一声。她喝得实在太多，根本没有力气吹干头发。吕新拿着吹风机在那里吹啊吹。

寻南睡得天昏地暗，半夜口渴，她起来喝水，才看见沙发上躺着吕新。吕新和衣而卧，枕着一本书。寻南倒了两杯水，把吕新摇醒。吕新醒了，突然，伸开胳膊，在黑暗中紧紧地握住了寻南的手。"去冲个澡吧，今晚幸亏有你。"寻南说着递给他一条浴巾。

吕新去冲澡。寻南又找了床单铺在沙发上，又找了个薄被子。没有开水了，她又烧了一壶开水。吕新洗漱完毕，笑眯眯地站在寻南面前。寻南有点窘，略带羞涩地看了一眼吕新，吕新的目光含着暖意。她的心猛地跳了起来。吕新坐着傻笑，他没有说话，房间里弥漫着一种令人着迷的味道……寻南努力让自己镇定下来，寻南看了看手机，时间是凌晨两点。

吕新一口气喝完了一杯水。寻南默默地关了灯，低声说："接着睡吧，盖好被子。"

寻南重新回了卧室。可是她怎么也睡不着，翻来覆去。她听见吕新也在翻来覆去。

月光透过窗帘照进屋里。吕新在轻轻咳嗽，寻南起身，又找了个毛毯，推开卧室的门，走到吕新旁边，给吕新盖上毯子。她没有说话，吕新也没有说话。黑暗中，吕新的眼睛却是闪闪地亮着，寻南触到了吕新的手。吕新深吸了一口气，猛然翻起身，一把抱住了寻南，寻南轻轻地战栗，好久没有感受过男人的怀抱了。吕新一直紧紧地抱着她，突然吻住了寻南的嘴唇，近乎粗暴地吻她，寻南所有的理智土崩瓦解，她的眼角落下泪来。

吕新的吻让她窒息，让她沉沦。寻南像猫一样，半躺在吕新的怀里，深深地沉醉在他的亲吻里。

"寻南，寻南，你是我的，你是我的……"

吕新说着横抱起寻南。寻南刚要说话，吕新又一次堵住了她的嘴唇。寻南摸了摸吕新的脸，闭上了眼睛，一股滚烫的泪涌了出来。吕新停下来，把寻南轻轻放到床上："寻南，睡吧，我就守在你身边，我什么都不会做，直到你爱上我……"

寻南没有说话，她努力使自己平静下来。

黑暗里，吕新再次轻轻吻了一下她的额头："寻南，我先走了，记得吃早餐。"

寻南听到了关门的声音，寻南一遍遍回想刚才的情景，她为什么没有拒绝吕新的拥抱和亲吻呢？为什么，她还有些喜欢那样的感觉。该怎么和吕新解释呢？或者什么也不说，就当是酒精的作用。

4

第二天傍晚，寻南独自去了黄河边。

在过去的中学时代，或者工作后，即使学业工作非常忙碌，她总能抽出一点时间，让自己无聊无聊，或者把自己放空，无所事事一上午或者一整天。

这座夹在两座山脉之间的城市，让人有种透不过气的感觉，黄河由西向东穿城而过，唯有走在河边，会觉得舒畅。秋日的河水水势汹涌，看着奔流不息的黄河水从脚下湍急地流过，寻南脑海里出现了逝者如斯夫的感觉,是啊,让那些往事,都由此渡河而去吧。

寻南一直没有相亲。上一周,寻南注册了交友网站,她没有发自己的照片,但是也收到了几封回信。唯一一次,她回复了一个男人的信息,那男人要了她的电话,彼此聊了几句后,男人在电话里说:"我有房有车,工作稳定,和你年龄很合适,如果你觉得合适,我们周末就见面,马上同居试婚,不合适我们就各走各路永不联系。"寻南听了不知如何是好。她吼了一句:"老娘不想试,你给我滚出地球……"从那以后,她不敢贸然给网上的男人留电话了。网络世界骗子太多,遇见结婚对象的概率很低。

工程师发信息说,周末想见面,寻南同意了。她想,至少这个人是现实中的,有人认识,可以打听底细。

见面之前,寻南没有发照片,不过乔玲给她发了对方的照片,寻南心想,反正周末没事就在公共场合见一面。她都32岁了,32岁,对于女人来说,是个尴尬的年龄,寻南会暗示自己,你还年轻,你的朋友里也有未婚的,你是正好的年纪,但是,一些无法抗拒的事实,让寻南明白,自己正在老去。看到同事的孩子,她会不由自主地想伸手抱抱;看到眼角的皱纹,她会想,要不要换更好的化妆品;微信上朋友圈里关于养生的内容,她会存下来;看到碳酸饮料,她会本能地排斥。这些都是渐渐老去的症状吗?她不止一次地问自己,你到底想要什么?她已经很久没有躺在男人怀里了,从前那么怕黑、那么胆小的她,现在好像什么也不怕了,如今她可以顶天立地,承受一切。

院子里的门卫是个和蔼的老头,大概是每天看到寻南独来独往,有一天,寻南去倒垃圾,他突然指着一只流浪猫说:"这是以前院子里的住户遗弃的小猫,你抱回去养着吧。"那只猫寻南经常遇见,院子里的老人经常会喂它。寻南看了一眼猫，心里微微有点痛，在外人的眼里，她大概和流浪猫一样孤独可怜吧。她说："我经常出差，担心养不好。"

寻南谈过三次短命得要死的露水姻缘。第一个是大学刚刚毕业那年，在驾校学车的时候认识的，那个男孩也学车，寻南也学车，两个人跟着一个教练，经常遇见，那男孩长得很帅，家里条件也好，每次学完车，他都约寻南一起吃饭。寻南也很喜欢他，遗憾的是，他当时正准备出国。

第二段恋爱，是个双鱼座的男人，他是个多情的人，寻南原本准备和他订婚了，却无意间登录他的QQ发现他还有个女朋友，寻南立马就分手了。双鱼座当时痛哭流涕，后悔万分，但是，寻南没有给他任何机会。

第三次，就是28岁那年，认识的前男友，是母亲的好朋友介绍的。前男友长相一般，不过人很大气，自己开着公司。他们的恋爱很平淡，一开始就感觉像过日子，经常一起买菜，一起做饭，一起逛超市。他们恋爱了两年，一开始属于前男友很倾慕寻南的才情和美貌，后来寻南才喜欢上他。本来恋爱一年就要结婚的，只是新买的婚房装修后一直有些味道，就想等味道散了再结婚，没想到，期间，寻南出了一趟国，一切都泡汤了。前男友提分手的时候，他已经搞大了别人的肚子。他在电话里哭着说对不起，寻南一声不吭，默默流泪。

对不起什么呢？时间是公平的，谁的青春都是青春，都是要往前走的，本是萍水相逢，匆匆交汇，然后分离成为陌生人。寻南越来越对感情麻木，也许是受过感情伤的人都是如此吧。

5

一天晚上,父亲打来电话,很生气地对寻南说:"你这孩子,怎么这么久不来家里看看?"寻南说太忙了,就匆匆挂了电话。临睡前,寻南给母亲打手机,手机也关机了。她想着过几天回家一趟,父母家在山清水秀的天水,离兰州很近,以前,她两个月回去一次。

见工程师的那天,天气晴好,寻南出门的时候,吕新打来电话,直接问她:"你在哪?"

"我刚刚出门。"

"那我来接你。"

"我是去相亲。"寻南直接说了。这样吕新也许不会再找她。

"去哪?那我去找你。"

"我去相亲,你来干吗?"寻南问。

"你就告诉我你去哪?"

"去万达。"

吕新说:"好吧,我在星巴克等你,你相亲完了,也相相我。"

因为吕新的缘故,寻南和工程师见面很踏实,好像有靠山一样,她甚至选择了一个偏僻的角落。工程师个子很高,戴着眼镜,很老成世故的样子。他看到寻南有点惊喜,一直夸寻南美丽动人,然后像查户口似的问寻南父母做什么,寻南具体做什么工作,什么学历,身高体重,恋爱次数,工资待遇。寻南耐心回答,她感觉自己就像一堆马上坏掉的菜,被人挑来挑去。

吕新发信息说:"怎么还没有结束……"

寻南回道:"给我点一杯焦糖玛奇朵。"

没想到吕新马上发来了图片:"早就点了,快凉了,下来喝吧。"

寻南收起手机,硬着头皮听工程师自我介绍。他比照片上要沧桑很多,寻南说屋子里有点闷。工程师说:"要不我们去附近的公园散步吧。"

寻南不知如何回答,这时候手机响了,是她的邻居老太太打来的。

一接听电话,邻居就劈头盖脸地说,"你们家马桶漏水了,我们家的屋顶在滴水,你快回来处理。"

寻南又庆幸,又发愁,她急忙起身告辞。工程师说要陪她去,寻南说:"不用,我喊我哥过来。"寻南撒了一个谎,寻南很少撒谎,她急忙拨通吕新的电话。开门见山就喊了一声,哥,电话那头的吕新一时不知今夕是何夕了。

不过听寻南说完,吕新很快就配合她说,马上过去。

在路边,吕新递给寻南一杯焦糖玛奇朵。他说不喝浪费,就打包了。寻南哪有工夫喝咖啡,急着要去邻居家。开车到了小区门口,吕新说:"你回家等着,我去看看,我就说我是你哥。放心吧。"

寻南还是不放心,但是吕新执意要自己去。

吕新把寻南推进屋子,自己去了楼下邻居家,过了一会儿,兴高采烈地回来了。吕新进来先关了马桶的进水阀。寻南已经拖干了地上的水。

吕新说:"这马桶必须得换了。"好在住的地方离洁具城比较近,寻南说换就换,来来回回折腾了一下午,终于安了新的。

寻南非常感谢吕新,晚上请吕新吃饭。他们去了港式茶餐厅,服务生刚走过来,吕新没有看菜单就开始点餐,菠萝包、烧鹅、法兰西多士,脱口而出的都是寻南爱吃的。

过去他们在一个公司的时候,也常一起吃饭。吕新记得寻南的口味,寻南有些感动,却不知道说什么好,谢谢说得太多,就有点过了。寻南低头吃菠萝包,吕新吃肉,女为悦己者容,寻南打心眼里没想过吕新和自己有什么,所以,她也没有补妆,身上还是中午的相亲装扮。

吕新要了一瓶红酒。他知道寻南有些酒量,寻南没有拒绝。几杯酒下肚,吕新直勾勾地望着寻南说:"我永远也忘不了第一次见你的情景。那天,你进电梯,电梯里就我一个人,你还看了我一眼,我当时脑袋就蒙了,心想这个女孩可真美啊。当时,你的眼睛像黑葡萄一样含着笑意,后来,我才知道,我们是一个公司的。你不知道我有多激动。公司搞新年酒会的时候,你站在我前面,我和你离得那样近,忽然就有种冲动从后面抱住你,心里有了想要保护你一辈子的想法。这是三年前的事。后来,得知你有男朋友,还准备结婚,我为此感伤了一段,没想到你分手了。期间我也谈了两场平平淡淡的恋爱,可是我始终不能下定决心结婚,我知道我不爱她们。直到我听到你又恢复了单身,我做了一个决定,那就是再也不想失去你。"

寻南说:"吕新,我们不合适,我比你大。"

"寻南,忘了我比你小两岁的事,可以吗?"

寻南说:"可是我一看见你,就觉得我会走路了你才出生,觉得对你不公平。"

吕新说:"我不在意,我比你成熟,我能保护你。"

寻南摇摇头,不再吭声,心里却提醒自己,不能再和吕新见面了。

一瓶红酒喝完。寻南要买单,吕新笑笑,他已经用微信支付了。

寻南也不再和他争,微笑着说:"那我欠你一顿饭,改天请你。"下楼的时候,吕新的一只手搭在了寻南的肩上,寻南回头看了他一眼,吕新又把手放下了。

寻南说:"想和我做哥们儿了?这么快就改变了主意?"

吕新又握住了她的手:"是啊,你要嫁给我,一辈子做哥们儿夫妻也很好。"

寻南没有接话。她今天一身淑女打扮,在公共场所是不能不注意自己的仪表的。吕新打车送寻南回住处。司机师傅侃侃而谈,寻南有些头晕,她基本没有吭声,都是吕新在有一搭没一搭地接着司机师傅的话茬儿。寻南托着下巴望着窗外飞驰而过的风景。她知道,吕新在偷偷看她,车里播放着一首情歌,"若不是因为爱着你,怎么会不经意就叹息",莫文蔚的声音略带沙哑,她把爱情唱得太过沧桑。也或许爱情本就是沧桑,也许人生也是沧桑。

寻南有些感伤,默默地掉下眼泪。路过一个街心公园,吕新让司机停了车。下车后,他们坐在湖边的长椅上,什么都没有说。夜色朦胧,秋末的晚风拂过,带着寒气吹乱了寻南的头发,两个人默默地望着天空的月亮,时间就那样过去了。

过了很久,寻南被冻得微微发抖。吕新说:"我送你回家吧。"

6

工程师一天一个电话,寻南始终客客气气的。工程师发来微信,说想见面。寻南回复说,最近比较忙,再约啊!

寻南想结婚,想生孩子,可是,她渐渐感到,自己和陌生男人相处有障碍。可是这又如何结婚呢?寻南甚至想过随便和一个男人结婚，生个孩子，然后离婚，独自带着孩子生活，就像乔玲一样。乔玲虽然离婚，可有自己的孩子。

工程师是个好的结婚对象吗？相貌、身高还算凑合。可是，寻南知道自己永远不会爱上他。工程师发短信，寻南经常是隔一个小时才回复。工程师说："我们可以再深入交往吗？"

寻南微笑了一下。

这天傍晚，寻南下楼，吕新就在公司门口抽烟，寻南知道他不是路过，是在等她。

"你怎么来了？"

吕新笑了："想你了呗！"

寻南一愣，忙道："可是我晚上有点事啊。"

吕新好像有心事，他说："一起吃个饭好不好？吃完了再去办你的事。"

寻南没办法拒绝。

吕新把车开过来，不问寻南的意见，就把车子开到了滨河路上。

工程师打来电话。工程师说："晚上一起看电影吧。"寻南说："我和几个朋友去郊区吃饭。"

工程师问："不是周末，还去郊区吃饭，你们真是有时间、有情调。"寻南说："我晚上回去和你说。"

"又是那个工程师吧，我现在有种危机感，有情敌了。"吕新说。

寻南她迟疑了一下，不知道说什么，只能问："你找我什么事？"

吕新笑笑："也没什么要紧的事，就是想和你吃个饭，不是好久没有见了吗？"

"老弟，我们昨天才见过，你忘记了……"寻南说。

寻南也没有问去哪。吕新把车开到郊区一个高档小区的门口，是一家新开的海鲜餐厅。

"走吧,我们去吃点海鲜,据说这家是全金城最地道的。"

她琢磨着他的语气,吕新好像有点什么心事。吕新点了三种海鲜,想到昨晚的事,尴尴尬尬的,不知道说什么好。吕新点的菜都是寻南爱吃的,他对寻南口味的了解,犹如从小在一个锅里吃饭的亲兄妹。

两人谈得不咸不淡,但谁都没有提昨晚的事。

服务生端来青菜钵,汤色清淡,看着就让人舒服。吕新给寻南盛了一碗递过来,寻南看着吕新递汤的样子,感觉他和她已经是老夫老妻了。吕新真是暖男。

寻南喝了一口。

吕新问:"好喝吗?"

寻南回过神,笑了一下。

"吕公子点的菜从来都很好吃。"

吕新笑着摸了摸头,说:"其实你爱吃的也是我爱吃的。"

餐厅里忽然来了一大家子,吵吵闹闹的,好像是要给老人过生日。他们在笑声中包围着,不知不觉就吃完了饭。

寻南和吕新走出餐厅的瞬间,正好有一束光照过来。吕新扶了一下寻南,寻南没有躲闪,心里微微动了一下。

跟前男友分手后,在亲朋好友面前,寻南表现得十分无所谓,可寻南知道,自己受了很大的委屈,她的自尊心太强了,她觉得那是失败,很大的失败。有一段时间,寻南的身体很糟糕,头发大把大把地掉,她每天需要化妆出门,不然脸色极差,她甚至开始使用腮红。这是她之前从来不用的化妆品,脸色如此苍白,如果不用,会吓到同事的。而吕新于她,始终是一抹暖意。

晚上寻南发微信，问乔玲："小男人有什么好？"

"你就信守一定不能找小男人的信条是不是？"乔玲说。

当年，在大学宿舍，寻南和几个姐妹信誓旦旦地说过，不能嫁给比自己小的男人。当时的背景是，有个低年级的男孩在追求寻南，寻南一看那张稚嫩的脸，心里就想着，男人的青春期可真漫长。

"你是不是宁愿骄傲得发霉，也不愿委屈地恋爱？"乔玲问。

寻南说："知我者，乔玲也……"

"男人成熟的关键不是年龄，而是心智。我觉得吕新挺成熟的，他看起来比你大多了。"

寻南说："你怎么知道我问吕新啊？"

"你那点花花肠子谁不知道？何况吕新前段和我说起过，他第一次见你，就喜欢上了你，对你念念不忘，你也该回响一下了。"

寻南发了一个尴尬的表情。

"送你四个字：难得糊涂。别想那么远，先抓住青春的尾巴才是正事。"

的确，乔玲说得对，想得太远，真的是多此一举。谁知道明天会发生什么事，婚姻、孩子，都无法确保幸福，走一步看一步，才是良策。

7

时间这样快，又到春节，她自己是不能回家过年的。她害怕听到父母的叹气声。三十多岁独身的女儿，没有父母会置之不理的。寻南感到自己不孝，她从小学习优异，工作也顺利，一直是让父母引以为傲的孩子，没想到情路如此坎坷。她不能回家过年，也不能待着房子里，她得出去透透气。

腊月二十那天，寻南又见了一次吕新，吕新和她去参加原来同事的婚礼，吕新穿着牛仔裤，浅灰色的羽绒服，带着他阳光般的微笑，冲她挥了挥手。他又换了车，一脸春风得意的样子。在车上，寻南没有说话，吕新也没有说什么。但是有一种莫名的默契，两个人的心里好像都装了许多的事，无法诉说。吕新曾经说，寻南像是从古画里走出的女子，她清新脱俗、与世无争的样子是世俗中稀有的存在。宴席上吕新在和几个男同事喝酒，偶尔，他会注视寻南，目光充满了疼惜和爱怜。寻南急忙躲开他的目光，他的眼睛像一眼温柔的清泉，让人深陷其中。

昔日的同事起身敬酒，走到吕新跟前，拍着吕新的肩膀："吕新，大伙儿都等着喝你的喜酒呢。"吕新爽朗地笑着，说："没问题，等我家新娘同意了，马上就办。"寻南听了，不禁抬头望了一眼吕新，只见吕新的目光也停在她的脸上，寻南的脸唰地红了，吕新的目光犹如一双拨弄琴弦的手，寻南的心头泛起阵阵涟漪。

宴会还没有结束，寻南就悄悄离开了。

工程师约寻南去看电影，吕新在朋友圈里发了一句感叹：喝醉醒来居然感冒了。寻南看到很多原来的同事朋友在一起安慰吕新，吕新都是痛哭的表情。

寻南发信息说："多喝水。"

吕新回信问："你在哪，可以来给我烧点水喝吗？"

寻南说："我在去看电影的路上。"

吕新说："又是和工程师去看电影吧！好吧，亲夫在病中，你却陪别的男人看电影，有没有良心啊……"

寻南说："若看完电影早，我去看你。"

吕新说:"可不可以直接来看我?我高烧三十九度五。"

工程师说什么,寻南都是微笑应付。吕新的微信一条接一条,都是博人同情的言论,一会儿浑身疼,一会儿嗓子难受,一会儿还没有吃一口东西。寻南基本不理会,心想我又不是医生,可是又有些于心不忍。

寻南总是看手机,工程师说:"我去买杯饮料。"

寻南有点不好意思,可又不好拒绝。进场的时候,工程师拉着了寻南的手,寻南急忙抽了出来,她觉得无比别扭。一开始不喜欢,好像也不可能慢慢喜欢上。电影看得心不在焉。吕新发了十条微信,突然不发了,寻南寻思着,吕新是不是晕倒在卫生间了,她发了几个问号,也不见回复。

电影总算看完了,工程师说:"晚上我们去吃西餐吧。"寻南忙摇头。她说:"我得去看个朋友,他感冒高烧,没人照顾。"

寻南打车直接到了吕新的楼下。吕新住在高档小区,是新楼盘,小区环境幽静,原来的同事都知道,吕新的家境殷实,据说他父母都是搞外贸生意的。不过吕新在寻南面前从来不提自己的家世,寻南也没有问过,因为她对他从来没有什么非分之想。

摁了门铃,吕新开门倒挺快。吕新果然是在发烧。寻南给他烧水买药,买吃的,烧还是不退。寻南就用敷毛巾的物理办法给他降温。脸红扑扑的吕新突然抓住寻南的手,寻南一阵战栗。好久没有这样的感觉了。寻南愣住了。

吕新说:"你和我妈一样对我好,我小时候发烧,我妈也给我这么降温。"

期间吕新的妈妈打来电话。吕新居然在电话里说:"妈,你放心吧,有人照顾我。"不知道电话那头说了什么,只听得吕新在笑。他说："我努力，我努力。"

晚上，寻南熬了大米粥，看着吕新喝了两碗。吕新的烧退了。寻南要走，吕新说："你不担心我半夜又烧吗？"寻南白了他一眼："难道，你想让我照顾你一整晚？"

吕新说："不是，我以前发高烧，总是反复。"

寻南忙用手堵住了他的嘴，吕新就在手上亲了一口，又是一阵战栗。寻南都不敢看吕新的眼睛了。

晚上吃过饭后，他们并排坐在沙发上看电视。两个人都盯着电视屏幕，他们谁也不讲话，仿佛空气就要在瞬间凝固。电视的声音突然变小了。吕新轻轻地握住寻南的掌心，在黑暗中，寻南紧张极了，没有回应，也没有反对，任由吕新轻轻地握着她的手。

过了半晌，吕新的头轻轻转过来说："寻南，从侧面看你，真是太美了……"

寻南默默地听着他的赞美。她没有转头，而是站起身，借口去喝水。

尴尬的气氛总算结束了。

喝完水，寻南看着吕新吃了药，一直陪他到 10 点，直到吕新睡着了，她才悄悄离开。回到住处，竟还是有些担心他。她其实从来都不讨厌吕新，她也喜欢和吕新待在一起。可是，一想到吕新比自己小，寻南就感到别扭。

第二天，吕新发了一张在公司上班的自拍照，寻南稍稍放心了一些。

8

　　接下来的几天，寻南一直忙公司的事，连着加了几天班，吕新好像也忙起来了，他也在加班。吕新经常很晚才发微信，寻南经常早上看到他的微信。

　　公司让寻南去趟上海，寻南便去了。吕新两天没有发信息了。寻南有些放心不下，想着他可能忙，或者交往女孩子了。这样也好，不用再担心他还缠着她了。

　　有一天，寻南刚刚回宾馆，打算第二天回兰州，正在收拾东西。吕新突然打电话。

　　开门见山就问："你在哪？"

　　寻南说："我在上海出差。"

　　"哪天回来？"

　　寻南说："明天中午。"

　　吕新说："那我明天去机场接你。"

　　第二天下了飞机，吕新果然在等他。几天不见，吕新瘦了。莫非是感冒一直没有完全好？寻南问："吕新，你感冒一直没有好吗？怎么这么憔悴？"

　　吕新脸沉着。寻南朝他看了一眼，几天不见，吕新好像一下子成熟了许多，也憔悴了许多。寻南本想说些在上海的趣闻，逗逗他，又不知该怎么说。

　　吕新开着车，寻南打着盹。突然，吕新说："寻南，你得帮我一个忙。我爸住院了，这次病得很重，要做个大手术，医生说手术有生命危险，你能陪我去看看他吗？"

寻南说："当然可以。"

吕新犹豫了一下说："我是说，以我女朋友的身份，我想让我爸爸放心一点。"

寻南点点头，轻轻地握了握吕新的手。

"吕新，你放心！"

"谢谢你……"

吕新把寻南送到楼下面，又帮她把行李提上楼，说："我还要去医院，白天我妈值班，晚上我值班，就不陪你吃晚餐了。"

寻南不知道如何安慰他，只能说："会没事儿的，你别太担心。"

吕新点点头。

男孩一夜长大一般是家里出了变故。寻南第一次觉得吕新像个男人而不再是男孩。

第二天中午，寻南吃了中午饭，提了营养补品还有一束鲜花，就去了医院。她特意收拾了一下，专门去美发店吹了头发。她穿了米色的风衣，里面是一件红色的淑女风格的裙子，整个人看起来很精神。

寻南找到病房，看到吕新正在给他爸喂饭。

寻南走过去，亲切地喊了一声"叔叔"，就忙着替吕新洗饭盒、打水。寻南的爸爸一直冲她笑。

寻南也冲他笑。

临走的时候，寻南爸爸说："有空来家里玩，等我出院了，我想和吕新妈妈见见你父母，你们也不小了，明年就把事情办了吧。"

寻南点点头。

"我爸爸妈妈也想见见你们呢。"寻南违心地说。她看了一眼吕新，吕新一直盯着她，看起来他当真了。

下楼的时候，吕新说，他爸明天的手术。寻南说："有需要帮忙的，就给我打电话。"

吕新点点头。"别的没有，就是，见你父母的事，你还是和你父母说一下吧。"

寻南瞪了他一眼。没个正行，也不看看啥时候。

工程师要回家过年，他想在回南方之前和寻南见面，被寻南拒绝了。寻南说自己已经回家了。工程师每天会给她发信息，有时候会发一些荤段子，寻南总是会回复一个笑脸。她想着春节后，好好了解一下这个男人，但是他们的关系总是不温不火。寻南知道，他不是自己喜欢的类型。

吕新的爸爸手术很顺利，出院后，寻南去看望了一次。吕新请了年假，陪父亲去海南疗养了。走之前，吕新说："等我回来，就去拜访你父母。"

寻南一笑："你还当真啊？"

吕新说："我和你不是开玩笑的。我都30岁了，明白自己说什么。"

寻南还是一笑。

春节前，她为了不影响父母的心情，没有回家，她报了旅行团，去了云南。一个二十多人的团，只有她是独自一人，其他人都带着家人。寻南关了手机，隔绝了和外界的一切联系。她和团里二十多人都处得很好。她说父母去了国外，善意的谎言，没有人怀疑。春节期间，大家都给予她照顾和温暖。

在泸沽湖畔，夜里，寻南睡不着，拉开窗帘，看着明亮的星星，潸然泪下。她从来没有抱怨过命运，那一晚，她突然相信命运。正是因为她之前的人生，在其他人眼里太过完美和幸福，因此才会有了那么多的坎坷。

回到兰州后,寻南打开手机,才发现,吕新每天都在给她打电话。寻南就给他回了电话,说了去云南的事。

吕新说:"吓死我了,以为你出了什么事,打电话到你家,才知道你去云南了。我过两天回兰州去找你。"

连着下了两场春雨,天气就暖了,寻南本打算周末回家一趟,哪承想,父母不请自来了。寻南妈妈说寻南太没良心了,这个春节一家人都没过好。嘴上责怪着女儿,却大包小包带了很多好吃的,说要给寻南做个遍。寻南爸爸的哮喘犯了,寻南陪他去医院挂了专家号,又买了制氧机。寻南爸在路上悄悄和寻南说:"你妈的老朋友张阿姨给你介绍了个转业军人。过几天可能会约你见面。"寻南一听头有点大。父亲呼吸困难,她不能说"不",怕他着急喘不上气来。

晚上,一家人吃晚饭。寻南洗完碗,沏了一壶茶,给父母各倒了一杯,毕恭毕敬地递过去,说:"妈、爸,我最近在很严肃地对待终身大事,请你们二老放心,争取今年结婚。"两个老人听了,立马脸上堆起笑来,母亲笑着涌出了泪。

寻南把自己积蓄的一部分给了父母,有10万块之多,是她这些年存下来的。本来想结婚了添置家具,现在不再想结婚的事了。

父母从企业退休,一辈子节俭惯了。母亲买菜经常会绕着菜市场走一圈,货比三家,才决定买谁家的。寻南想让他们过得宽裕一点。

寻南说:"这些钱是给你们旅行的,趁着腿脚好,每年出去一趟,以后还会再给你们钱的,放心花。"

母亲说:"我给你存着,留着给你办嫁妆。"

"都什么年代了,还提什么嫁妆啊。"寻南笑了。

母亲身体还行，她的头发又白了许多。

周末，寻南带着父母去了一趟青海，看了看寺庙，父母便嚷着回去。临走前，母亲叹了口气："孩子，你别着急，人各有命，你3岁的时候，大家都说，你是个有福的孩子。我相信上天会给你个好归宿。"

寻南安慰父母："你们放心，我知道现在什么是最重要的。"

9

情人节那天，吕新一早就发信息："中午有空吗，一起吃饭？"

寻南发了鬼脸，说："今天忙得要死。"

吕新说："是不是又背着我去相亲啊？"

寻南说："我从来都是光明正大，从不偷偷摸摸地做事。"

吕新说："你是不是要把亲夫活活气死啊？我不准你再去相亲，我必须让你明白，你已经名花有主。"

寻南说："吕新，咱们别再开玩笑了行吗？"

吕新说："寻南，你回到兰州，一直是我的女朋友。"

寻南无语了，她挂了电话。

中午的时候，寻南在办公室吃盒饭，快递哥送来一束玫瑰花，还有一个小礼盒，寻南打开盒子，两个女同事凑过来，"哇"地喊了一声。

是个翡翠镯子。

寻南不用脑子想，就知道是吕新送的。这个吕新，真是越来越放肆。寻南在同事面前也不好打电话，一个女同事非要寻南戴上看。没办法，寻南就戴上了，但是取不下来了，寻南不知如何是好，一个女同事说:"你就戴着吧,你男朋友这么大气,真让人羡慕嫉妒恨。"

寻南发微信给吕新。

"在哪?"

"在单位啊!"

"下班等着我,我给你还东西。"

吕新说:"戴了玉镯子,你今生今世就是我的人了。"

寻南真拿他没有办法。本想快递给吕新,可又担心,这么贵重的东西丢了怎么办。

临下班,吕新发来微信说:"晚上家里有事,我明天去找你。"

恰好是周末。寻南最怕周末。走出单位,乔玲打电话,约她吃饭。无聊孤单的日子里,有朋友陪伴是幸运的事。

乔玲喜欢吃火锅,寻南最怕吃火锅,但是因为无聊,寻南只能勉为其难去吃火锅。吃饭的时候,乔玲又说了工程师的事儿。寻南说,毫无感觉。乔玲问:"你到底想找什么样的?"寻南说她想找灵魂伴侣,乔玲一听到灵魂伴侣,差点把口里的茶喷出来。

寻南为了让她把茶喷出来,于是,一本正经地念徐志摩的诗:"我将于茫茫人海中访我唯一灵魂之伴侣,得之,我幸;不得,我命,如此而已。"

没想到乔玲反而把茶咽了下去。她说:"在这个各种婚姻介绍所生意如火如荼,只讲条件的定做式婚姻的时代,你想找灵魂伴侣那只能做梦。"她的建议就是,坚持健身,保持苗条美丽的身材,每天做面膜,乔玲的观点是,男人永远喜欢年轻漂亮的女人。乔玲还建议她多看一些恋爱宝典的书,千万不要在男人面前过于强大,男人都喜欢小鸟依人、智商为零的傻女人,她甚至教寻南撒娇。

寻南并不苟同她的观点，人生反复，但是每个人都有一个命中注定的人生伴侣，这个伴侣就叫灵魂伴侣。

乔玲是大学老师，她是寻南众多朋友中最理智的一个。乔玲说，在动物界，雄性动物和雌性动物都会选择具有优秀基因的个体繁殖后代。因为遗传优秀雄性的基因可以遮蔽掉雌性的缺陷，所以雌性选择优秀的雄性可以保证物种良性进化。乔玲在择偶方面，只看对方的智商和身体，她没有考虑爱情这一因素。她和一个名校毕业的博士结婚了，那个男人，拥有智慧和力量。婚后，他们生了一个健康聪明的女儿，可是好景不长，婚后三年，那个博士便和她提出了离婚。两个人进行了为期三年的离婚大战，最后，终于闹上法庭，不欢而散。如今乔玲已经有了固定男友，生活顺风顺水。

寻南对乔玲说："你的择偶观一开始是错的。"

乔玲说："对于下一代说，我成功地繁育了一个优秀的孩子，这就是成功。"

寻南说："我现在就想结婚生子，甚至不想恋爱。从来没有过的紧迫感。"

乔玲说，工程师对她印象不错，你们好好交流沟通。爱情是一门需要毕生研读的课程。

有人说，谁先爱上，谁就输了；谁用情太多，谁最可能一败涂地。寻南不想那样，她不想动小心思算计来算计去，或者计较第一条短信是谁发的，谁先打的电话，那样太累了，她要的是实实在在的一颗真心。

10

三月的一个周末,风日晴和,寻南洗了衣服,又洗了澡,穿着一件舒适的棉裙子,坐在窗边,让太阳晒干头发。

窗户开着,一阵舒适的暖风吹进屋子里,窗帘和窗台上的花草随风浮动。寻南冲了一杯咖啡,在书桌前打开电脑。寻南记得自己还抬了抬头,看了看天花板,有一个灯泡坏了,得换,她提醒自己。要不要请吕新来帮忙换灯泡,顺便把镯子还给他?

打开百度,寻南鬼使神差地搜索关键词:嫁给小自己两岁的男人好不好?没想到吕新居然打来电话。寻南愣住了,电话响了很久,她才接听。吕新约她晚上吃饭。寻南说:"本来想中午请你吃饭,可我中午有事,下次吧。"

吕新说:"又是见你的工程师吧?"

寻南说:"是的,人家约了一个月了。"

吕新说:"告诉我地点,我愿意当护花使者把你安全护送回家。"

寻南拒绝了。

"寻南你今天见面就明明白白地拒绝了他好吗?我爸妈下周打算请你去家里吃饭呢。"

"吕新,我比你大,你忘记了吗?难道你真的不介意吗?"

"是的,我不介意,你现在不能见工程师了。我是你唯一的男朋友。我请求你做我的女朋友。"

寻南说:"我再想想,给我点时间。"

中午,工程师发信息来,说想约寻南去唱歌,地点在钱柜。看到信息,寻南有点戒心,她告诉了乔玲。乔玲说,放心去吧,去喝喝酒，感情更进一步。寻南忍不住又给吕新发了信息，她没说她去哪，只发了个笑脸。吕新一直没有回信息。往常她发个笑脸，吕新总会给她马上回过来。寻南估计吕新在忙，或者在睡觉，或者他因为她去见工程师生气了。

寻南想，也许该和工程师说再见了，她无法对他有好感。感情根本不能强求。

寻南去了钱柜，推开包厢的门，寻南看到工程师穿着一套崭新的黑西装，举杯浅笑，唇角勾着坏。说实话，寻南心里有点打鼓，潜意识里那目光不怀好意。工程师抓起桌上的一杯红酒，递给寻南，寻南只好接过来，先喝点暖暖身子，看看你要唱什么歌儿……

寻南有点口渴，她自己还是有点酒量，就一口喝了下去。

工程师替她点了一首《传奇》，估计是乔玲出卖了她。这是她最喜欢的一首歌。寻南唱了几句，就发觉自己没来由的，身体里泛着一阵阵的燥热，一种空虚感让她浑身不自在，工程师一直笑眯眯地望着她。

寻南对着他笑了一下。她双颊滚烫，工程师向她伸出了手，寻南竟不由自主地伸出了手。在工程师即将握住她的手的一刹那，寻南缩回了自己的手。她把麦递给工程师，说："不好意思，我去趟卫生间。"寻南没有上包厢的卫生间，而是去了大厅里的。她进了卫生间，拿着手机就给乔玲打电话，乔玲没有接。

她的身体像是着了火，燥热难耐，额角已经有细密的汗珠冒出。寻南给乔玲留言，让她来接她。这时候，吕新打电话来。

寻南说："吕新，我在钱柜，你来接我，我喝了酒，头好晕，要醉了……"寻南用仅存的理智告诉了吕新她在哪……她眼前金星闪烁，全身软软的，她只记得吕新告诉她，让她在卫生间等着，不要回包厢。

吕新让服务生来接寻南的时候,她一直蹲在卫生间镜子前的角落里,脑子里一片空白。她被吕新塞进车里,迷迷糊糊的。她紧紧地贴着吕新,喊着抱紧我,抱紧我,吕新一直紧紧地抱着她。在车上,寻南昏昏沉沉,紧紧地靠在吕新的肩头,粗重地呼吸着。吕新开着车,温柔的声音:"寻南,我们马上就到家了,回去给你喝水啊……"

"吕新,我渴,吕新……"寻南紧紧地贴着吕新的胸膛。

"寻南,你这是何苦呢?你为什么不能接受我的爱,你这样让我心碎知道吗?"

吕新抱起她,把她轻轻放到床上……

在吕新俯身的瞬间,寻南伸手紧紧地抱住了他的头,把唇贴在了他的颈窝里。

吕新捧着寻南的意乱情迷的脸,深情地说:"寻南,告诉我,你能不能感受到我的爱,你到我的心里去看看,你看看我是怎样的爱你……"吕新克制着自己。

寻南傻傻地笑着说:"吕新,我好喜欢你,好好喜欢你……"

醒来已是第二天清晨。

寻南发现自己躺在一个陌生的床上,吕新被她紧紧地抱在怀里。寻南看了看自己身上穿的男士衬衣,想不起昨夜发生过什么。

她刚要摇醒吕新,就发现吕新的脸颊破了,眼窝也青着,好像是打过架。寻南摇摇头,根本想不起来昨夜发生过什么。

吕新醒了。

寻南问:"你的伤……"

吕新伸了一下懒腰,睡眼惺忪地笑了一下,说:"被工程师打的，不过他也没得着便宜，放心，他不敢报警，谁让他在酒里下了药……"

寻南这才明白自己不是喝醉。寻南已穿戴好衣服，平静地跟吕新说："我要回去了。"

吕新瘪着嘴，说："你就这么走了？为了体现我不是乘人之危的小人，昨晚我给你洗了个温水澡，自己又冲了凉水澡，没办法，睡觉的时候，我本来要去睡沙发的，可你一直喊着我的名字，非要紧紧地抱着我……"

寻南听了，恨不能找个地洞钻进去，但是她还是故作镇定地说："我要走了。"

"你真就这么走了？"

"对啊，我要上班，早上有会啊！"

吕新小声说："人家是第一次给女人洗澡，你要对我负责。"

寻南的脸瞬间变成了一朵红玫瑰。窗户里吹进温暖的春风，寻南一转头，眼前忽然一亮，一大盆海棠花正在落地窗前怒放着。这是她曾经送给吕新的那盆，没想到它长得这么好，花朵好像没有忧愁似的，寻南顿时心里百感交集，要是人和花一样年年有新生就好了。

海棠花影映在墙上，寻南看着白墙上的花影，那楚楚动人的花影犹如一幅水墨写意画。看着花影，寻南想起吕新为她做过的点点滴滴。在她的生命里，还没有哪个男孩子这样爱过她。寻南渐渐感知到了吕新的爱，吕新一直和他保持联系，在国外，吕新每晚都会发来的晚安，他一定是看着时差的。他的心里一直只有她。即使工作繁忙，他也会抽空发短信给她，他知道她的口味，他总在她身边，他为她做了那么多的事……为什么不能接受吕新呢，她问自己，大两岁又何妨？忘记过去的痛苦，犹如蚕茧剥丝，不妨就让过去留在心底，何必要刻意去忘记呢。

寻南扪心自问，她其实是爱吕新的，不然她怎么会乐意接受他的所有帮助呢。何况，吕新脸上的伤，得去医院看看，或者消毒处理一下。她今天得陪着他。

寻南给公司发了短信请了假。

"寻南，你真的忍心舍下我吗？"

寻南走到卧室，温柔地问被窝里的吕新："饿了吧，你想吃什么早餐？"

吕新惊喜地问："你不去单位了？"

"不去了！我已经请了假，一会儿我们去给你处理一下伤口。"

"太好了，我是说你留下来陪我太好了。"吕新兴奋得像个得到了渴望已久的礼物的孩子。

"你饿了吧，我给你做早餐……"寻南淡淡地说。

吕新爬起来，捧着她的脸："真的，你真的要给我做早餐吗？"

寻南点点头。

"你愿意给我做一辈子饭吗？"

寻南又点点头。

"寻南，我们结婚吧。"

寻南听了，鼻子酸酸的，皱了皱眉，假装犹豫地说："可是我还不是你的女朋友啊？"

吕新紧紧地抱着她，说："我们先结婚后恋爱好不好？"

寻南点点头。

"你知道吗，寻南？我第一眼看到你，就认定了你会成为我的妻子。好奇怪，每次想起你的时候，总会想到永远……"

寻南在静静地听着。

吕新还在说:"冥冥之中一定有什么神秘的力量把你带到了我的身边……"

寻南伫立在熹微的晨光里,吕新看不到她眼里旋动的泪光。她吸了一口气,让自己平静了一下,然后微微转头,把额头贴在吕新的脖颈里,很想说:"吕新,你知道吗?我终于发现,这个世界上只有你是真的爱我……"可是她什么也没有说,她把身子轻轻地靠向了吕新,她想这样一直靠着他,她甚至感受到了一种细水长流般的温情。

一缕淡淡的阳光照进屋内,他们一同迎接着清晨的朝阳,寻南觉得,这束闪亮的晨曦如同他们未来的生活一般饱含希望,它是那样的美。